Poussin de Haie

Sophie Lucet

Poussin de Haie

ROMAN

Albin Michel

22, rue Huyghens, 75014 Paris

www.albin-michel.fr

ISBN 2-226-13098-5

A Marie-Lou, Colette, Elise.

« Je crois que c'est ça que je reproche aux livres, en général, c'est qu'ils ne sont pas libres. On le voit à travers l'écriture : ils sont fabriqués, ils sont organisés, réglementés, conformes on dirait. Une fonction de révision que l'écrivain a très souvent envers lui-même. L'écrivain, alors il devient son propre flic. J'entends par là la recherche de la bonne forme, c'est-à-dire de la forme la plus courante, la plus claire et la plus inoffensive. Il y a encore des générations mortes qui font des livres pudibonds. Même des jeunes : des livres charmants, sans prolongement aucun, sans nuit. Sans silence. Autrement dit : sans véritable auteur. Des livres de jour, de passe-temps, de voyage. Mais pas des livres qui s'incrustent dans la pensée et qui disent le deuil noir de toute vie, le lieu commun de toute pensée. »

Marguerite DURAS, *Ecrire.*

J'écrivais tout le temps, mais des livres, de longues histoires compliquées pour lesquelles j'établissais des fiches préjugeant du destin de mes personnages.

Jusqu'à ce jour.

Ce jour où on a parlé du pain.

Je ne vois presque plus ma grand-mère, elle ne me manque pas. Pour cette fête d'anniversaire donnée à l'occasion de ses quatre-vingts ans je ne trouve pas d'excuse, je lui rends donc visite au Mesnil-Tôve, dans le sud de la Manche. J'achète alors une baguette pour que les enfants aient le plaisir de donner du pain aux canards, je prévois tout. Mais au moment de faire le geste, Marie-Lou m'arrête. Je lève les yeux, elle me répète seulement : « On ne donne pas le pain aux animaux. »

Je la regarde mieux, elle a un peu vieilli.

Nous rentrons dans la ferme, tous les invités sont déjà partis. Nous avons eu le temps de dire du mal de certains membres de la famille en soignant les animaux et le soir est tombé, l'ordre règne apparemment.

Tout va tout droit mais je sens bien que rien ne va vraiment, pour elle, dans sa tête, qu'une petite étincelle ne parvient pas à quitter ses yeux, seulement Marie-Lou ne parle pas souvent, surtout de quelque chose.

C'est au moment du départ qu'elle commence :

« Mon chat, je vais le tuer, il n'avait pas le droit de vivre mais il a réchappé, sa mère l'a caché sous un fagot de bois et il a réchappé mais il n'avait pas le droit de vivre, pas plus que moi, pas du tout. Au village on m'appelait Poussin de Haie... »

D'elle je ne sais encore rien puisqu'elle dit si peu, de son enfance ou de sa vie en général. Marie-Lou est dure et parle surtout des autres, quand ils ont fauté. D'elle je sais seulement qu'on ne sait rien, ou si peu de choses. Et qu'à ce moment-là, sur le coin de la porte, elle a décidé de me parler.

Depuis ce jour j'ai appris qu'écrire, c'est d'abord écouter.

Poussin de Haie

Quand elle s'est trouvée enceinte du deuxième, elle a dit « ça pas question », ma mère.

La deuxième c'était moi.

Il faut dire que ma mère avait déjà eu une fille comme ça, avec un homme dont personne n'avait entendu parler, il avait dû partir à la guerre, c'était un mort sans doute. Et puis je suis née d'un autre père sans visage. Alors c'est mon grand-père qui l'a fichue par terre, ma mère, il n'a plus voulu la voir, il l'a jetée dehors, si bien que quand ma marraine est montée à Paris pour vivre sa vie, elle a emmené ma mère aussi.

J'étais de trop.

Ma sœur Cécile a eu de la chance, elle est restée au Mesnil-Tôve. C'était le premier péché, on pouvait encore pardonner.

Mais pas pour moi.

A Paris, ma mère travaillait dans une usine de Rubigine, un produit contre la rouille. On habitait rue Lepic au septième étage, juste sous les toits, dans un grenier, on cuisinait sur un réchaud à pétrole et ma mère rentrait seulement le soir, c'est pas qu'elle faisait la bringue ailleurs mais elle n'avait pas le temps de s'occuper d'un enfant, elle n'était pas habituée.

Pour dormir on se coulait chacune dans un placard. Quand j'étais seule et que je devais me laver, j'attrapais la poudre de riz, le rouge à lèvres et je m'en barbouillais, alors je me faisais forcément critiquer à l'école et c'est pour ça que je ne tenais pas à rester à Paris où j'étais vraiment trop abandonnée. Ma mère allait travailler et il fallait que je me débrouille toute seule, j'étais perdue, comme un oiseau envolé, sans nid, sans elle.

Sur le palier d'à côté, j'avais ma marraine.

Un jour elle est partie en Amérique, c'était une femme qui voulait voir du pays, une femme ouverte à toutes les nouveautés. Elle avait rencontré un Américain pendant la guerre 14-18 qui m'a écrit il y a peu de temps, il venait de se trouver veuf et voulait de ses nouvelles, c'est donc qu'elle n'était plus avec lui depuis longtemps.

C'est comme ça qu'on a su.

Elle n'avait plus de contacts avec nous depuis qu'elle était partie vivre sa vie en Amérique, elle ne nous donnait pas de nouvelles alors on n'en demandait pas, on ne connaissait pas encore toutes les ficelles pour appeler à l'étranger. Elle s'était mariée avec un menuisier même pas gradé, un soldat qu'elle avait connu pendant la guerre et qui lui avait menti en lui faisant miroiter des lumières, on ne sait pas tout sauf qu'elle a été déçue en arrivant de l'autre côté.

Elle n'a pas trouvé ce qui était prévu.

Puis elle est morte.

Pour lui, l'Américain, elle en a laissé un autre et puis elle est partie au Brésil, à Rio de Janeiro. Ma marraine a tout quitté, son premier fiancé, son pays, sa famille. A Paris, c'est elle qui s'occupait de moi, elle a tout abandonné quand elle est partie, donc moi aussi.

Ma mère non plus, je ne l'ai presque pas connue.

Ma mère n'a pas pu me garder, elle n'avait pas assez d'argent.

Ma mère est restée rue Lepic et je suis rentrée au Mesnil-Tôve quand elle n'a plus rien eu du tout.

Ma mère est restée à Paris pour toujours.

Mes grands-parents m'ont bien reprise, mais le grand-père me fichait toujours à la porte, je couchais dans une vieille bicoque qui ressemblait pas trop à une maison, sur le foin, la paille ou n'importe. Ma sœur dormait sous un toit, moi non, un enfant ça allait mais pas deux.

Il me semble que je vois encore la place où j'étais... C'est démoli mais j'ai le souvenir d'une charreterie. On se nichait dans la paille à côté d'un pressoir alors que les vaches s'abritaient sous la maison. Le grand-père envoyait la grand-mère avec moi parce qu'il prétendait qu'elle me soutenait, qu'on s'était mis la tête sous le même bonnet, qu'on avait qu'à foutre le camp toutes les deux, où on voulait. Et il rajoutait que je ne manquerais à personne puisque personne ne m'avait attendue.

Il était très dur.

Parfois il nous pardonnait après la chicane. On avait un peu le droit de rentrer mais il finissait toujours par remettre tout ça dehors. C'étaient des colères d'un jour mais qui revenaient tout le temps.

A vivre dehors avec ma grand-mère, j'ai attrapé la gale. Comme j'étais malade on m'a fait entrer dans la maison. On m'a déshabillée, on m'a barbouillée d'un produit et on m'a glissée toute nue sous un grand drap. Après on m'a mise devant le feu, tellement j'avais froid.

C'est mon premier souvenir.

A huit ou neuf ans je suis retournée à Paris sans ma sœur qui était restée au Mesnil-Tôve et j'ai retrouvé ma mère. Ça n'a pas duré longtemps. Je suis revenue chez ma grand-mère, mon grand-père était mort à ce moment-là, donc on ne couchait plus dehors. Mais la vie, la vie, y avait pas grand-chose à bouffer, on marchait avec nos sabots nu-pieds là-dedans. Il n'y avait que deux vaches pour nourrir toute la famille. A Noël on avait juste un morceau de chocolat à cuire et une orange, on était contents avec ça mais d'autres enfants étaient mieux.

Il faudrait retrouver les photos si on avait le temps de chercher dans les tiroirs mais je n'en ai pas beaucoup, c'était une denrée rare à cette époque-là. Je me souviens juste d'un photographe qui était venu à l'école et qui m'avait assise près de ma sœur dans un avion en carton, pour le décor. C'est la seule image de mon enfance. Le problème c'est que j'avais une figure à crever de faim. Il faut dire que je ne savais pas encore ce que c'était qu'un gâteau.

Ma mère s'appelait Rose Lenoir. Moi, Marie-Lou Lenoir. Ma grand-mère Mademoiselle Maloiselle. Je ne me suis jamais donné la peine de rechercher mais elle était née à Saint-Clément pas très loin d'ici, elle avait quitté un Poupion et s'était remariée avec le père Lenoir. Avec Poupion elle avait eu un garçon, et avec Lenoir cinq ou six enfants, il y avait deux garçons, le premier a été tué à la guerre de 14, l'autre est revenu sans rotule, complètement bancal, et le petit Poupion a été tué à la guerre aussi, elle avait pas été sage de le faire sans se marier alors il est mort, et puis quatre filles, mes tantes Clémentine, Germaine, Marie, et ma mère, Rose.

J'ai oublié le prénom de ma grand-mère, Mademoiselle Maloiselle, c'est pas Victorine, c'est pas Eugénie, c'est pas... Faudrait rechercher.

Quand j'habitais chez ma grand-mère et que le grand-père était déjà mort, on n'avait pas le sou, elle n'avait pas de retraite, alors mon oncle passait de temps en temps pour nous donner des fruits. Il y avait aussi un poissonnier qui montait parfois jusqu'en haut de la côte. On ne mangeait du cochon salé qu'à Noël, autrement on vivait grâce à nos deux vaches.

On mettait leur lait dans une armoire remplie de terrines et, au bout de deux jours, on enlevait la crème du dessus. Alors on la renversait dans une baratte de bois par un couvercle percé et, à force de taper là-dedans avec un manche plat, on réussissait à fabriquer du beurre.

Je ne sais plus comment il s'appelait mon grand-père. C'était pas Alphonse ou quelque chose comme ça ? Non je ne pourrais pas te dire, ma grand-mère en fait c'était Eugénie, je m'en souviens maintenant, mais mon grand-père je ne vois plus très bien, après tout ce qu'il m'a fait.

Nous on n'était pas nées comme les autres, donc on nous considérait comme des ordures.

Je ne sais plus vraiment à quoi elle ressemblait Eugénie, c'est trop loin. Quand je me force à me souvenir je vois une petite ombre qui avait froid dans le pressoir à courants d'air.

Parce qu'on a eu froid, mais on n'en est pas mortes.

Dormir dehors m'a endurcie et m'a permis de faire du bien à ceux qui souffrent. Pour moi c'est encore l'idéal et quand on me dit : « Pourquoi tu t'occupes de ça ? », je réponds : « Parce que moi j'ai vécu la misère et j'ai pitié de ceux qui la connaissent donc je suis toujours prête à les aider... »

Dès qu'il y a quelque chose de traviole, je suis là.

A ce régime-là, ma grand-mère a vite perdu la tête. Elle a passé au moins deux ans psss ! psss !... alors je vivais ça. Quand ma tante allait travailler à l'usine j'allais à l'école, mais au bout d'une heure on revenait me chercher, on me disait : « Y a ta grand-mère qui se promène, va t'en occuper... »

Tu la croyais dans son lit mais d'un seul coup elle avait fichu le camp dans le jardin et s'était mise toute nue, elle parlait de rien mais elle parlait tout le temps, elle disait qu'elle était bien là, sous les arbres, et qu'on l'ennuyait... Elle rouspétait. Des fois elle disait qu'elle avait de la misère. En fait elle ne racontait pas grand-chose. De toute façon, si j'avais osé lui demander ce qu'elle avait, ma grand-mère m'aurait dit : « Qu'est-ce que ça peut y foutre à elle ? », autrefois on ne s'aventurait pas à parler.

Je ne sais pas pourquoi ma grand-mère a perdu la tête, mais j'étais bien placée pour savoir qu'elle avait souffert, ma grand-mère et moi on a couché dehors pendant que le grand-père dormait dans la maison.

Au moins je n'étais pas toute seule.

Mais quand elle a versé c'était pas drôle, j'avais honte, elle se promenait en chemise dehors, il fallait courir après pendant des heures et la coller au lit alors qu'aujourd'hui il suffirait de la placer dans une maison de retraite... A l'époque on gardait toujours les petits vieux et c'est sûrement pour ça qu'ils mouraient plus vite.

C'est un fait que c'est mieux maintenant. Au Mesnil-Tôve des gens ont dormi sur leur grabat pendant des années. Il n'y a pas longtemps, une infirmière de

Mesnil-Tôve m'a appelée : « Marie-Lou, Marie-Lou » et elle m'a dit : « Dites donc faut que vous alliez voir la mère Culot, parce que ça ne va pas du tout, le bonhomme ne la soigne pas ni rien, c'est dans un état épouvantable... » Alors me voilà partie la voir, je lui dis « ça va ? », elle me répond « oui », le bonhomme allait encore lui chercher des brioches pour qu'elle mange un peu, elle était dans un lit qui était d'une saleté incroyable, t'aurais dit... y avait son pot qui traînait comme ça dans la maison, une vraie bête, mais elle a quand même certifié « ça va très bien, mon bonhomme il m'apporte ce qu'il faut, des brioches », et le maire n'a pas voulu s'occuper de cette salade, il a appelé l'assistante sociale qui a appelé l'infirmière et c'est elle qui est venue me chercher, elle n'avait pas le temps non plus. La vieille, elle est restée huit ans comme ça, incroyable... Elle avait un fils qui avait été tué en Algérie, parce que après la guerre il a fallu faire l'Algérie en plus...

Et puis ma grand-mère a fini par mourir, c'était prévu depuis qu'elle souffrait de la tête, et comme on ne savait pas quoi faire de moi on m'a mise en nourrice mais ma mère n'a pas pu payer la pension et elle a parlé de me reprendre à Paris.

Je me souviens encore de ce que j'ai dit.

J'ai dit : « Non je ne retournerai pas à Paris, c'est tellement affreux. »

Il faut dire que j'avais entendu la voisine de la rue Lepic répéter à ma mère : « Ne restez pas ici, à mon âge, je devrais avoir trouvé quelqu'un mais je n'ai jamais trouvé que des hommes mariés alors c'est vraiment la misère », j'avais compris ce qui m'attendait.

On m'a donc placée chez ma tante Clémentine où j'étais provisoire. Mais ma tante répétait tout le temps « qu'est-ce qu'on va faire d'elle maintenant, y a rien, pas de famille, pas d'argent », et la mère Ménard qui se trouvait justement là a répondu « bon ben ça fait rien, je vais vous la prendre moi, j'ai un fils qui est du même âge, on la gardera et elle traira les vaches ».

C'est comme ça que je suis devenue bonne de ferme chez les Ménard à Perriers-en-Beauficel, juste au-dessus du Mesnil-Tôve, bonne à traire les vaches et puis c'est tout.

J'avais dix ans quand je suis arrivée chez les Ménard. Ils ont fini de m'élever en me faisant manger plein de choses nouvelles, des tomates et du melon par exemple. Avec le melon on a eu du mal au début, on pensait que c'était de la citrouille et que le marchand nous avait roulés, mais ça a été tout de suite mieux avec les tomates. Les gens auraient jamais voulu toucher à cette nourriture-là, les Ménard si.

Les Ménard m'ont fait manger et même si le père faisait souvent la bringue c'était un homme bien, il a même été adjoint au maire de Perriers-en-Beauficel c'est dire, un homme curieux, pas arriéré. Et là j'étais bien nourrie, c'est ce qui m'a sauvée, si j'avais continué la misère je n'aurais pas survécu. Avant je courais après une poire quand il y en avait une, mais ce n'est pas tout le temps la saison des fruits.

Chez les Ménard on dormait tous ensemble, il n'y avait qu'une pièce, deux chaises, une table et un lit de chaque côté de la cheminée, je ne sais pas comment ils s'arrangeaient pour se toucher les patrons, sûr qu'il ne fallait pas chanter... Et puis un banc en bois, pas d'évier, si bien que quand quelqu'un arrivait pour le café on se disait « merde, y a pas d'eau » et qu'il fallait courir à la fontaine puisqu'il n'y avait pas encore de puits dans la cour.

Plus tard, le père Ménard a eu l'idée de ranger une pièce en bas. On n'était pas mal logés, loin de là, il y avait même un grand rideau qui tombait. Un jour j'ai joué dedans et je me suis cassé le nez, alors le père a voulu se moquer de moi et il m'a dit : « Reste par terre, ma fille, et plus tard tu n'auras rien du tout, même pas de chaise », le fils a ricané et moi j'ai répondu : « Si, j'aurai une chaise plus tard, je resterai peut-être quelques jours sans manger, mais si, j'aurai une chaise. »

A ce moment-là, j'ai décidé de me tirer de la merde.

On y arrive, quand on veut.

Mais cette vie de misère à la ferme... Je trayais les vaches, je m'occupais des cochons, j'allais dans les champs avec le cheval. Un vrai garçon. Un commis de ferme. J'étais tellement menue que je pesais trente-cinq kilos, maigre comme un clou, et quand j'allais traire dans le champ, le soir à traîner avec les seaux j'ai pleuré bien des fois, j'aurais aimé rester à coudre, mais c'était pas ça, la vie, fallait travailler.

Comme j'étais venue au monde sans besoin, il n'y avait jamais d'argent pour moi, fallait que je gagne ma croûte. Ma sœur avait appris à coudre, moi je n'y avais pas eu droit. Des fois j'étais jalouse, j'aurais voulu être comme Cécile, couturière, c'était un beau métier on était au chaud, pas dehors, mais personne ne me l'a proposé.

Ça m'a pesé sur le cœur.

C'est dur d'être derrière la herse toute la journée.

Le soir, on prenait la collation à cinq heures puis on repartait travailler, on s'occupait encore des vaches et des cochons.

Toutes les nuits la lanterne restait allumée dans la cour. Pendant que la patronne s'amusait à coudre dans la maison, je la regardais derrière la fenêtre.

A l'école, les gamins m'appelaient « Poussin de Haie ». Ils m'envoyaient des pommes à la figure en me racontant que ma mère avait fauté avec un homme, qu'elle avait pondu un œuf à la va-comme-je-te-pousse, dans un fossé. Ils embêtaient ma sœur aussi mais moins, je sais pas pourquoi. Je suppose que j'étais mal considérée, mal placée. Ma mère avait déjà fauté une première fois en attrapant une fille sans être mariée, mais quand elle a recommencé avec moi c'était la goutte de trop.

Alors les gamins de l'école m'ont battue.

Bien plus tard je leur ai demandé « vous vous en souvenez de ce que vous m'avez fait dans le temps ? » et oui, ils se le rappelaient.

J'étais vraiment la bête à assommer.

Si on réfléchit, il y en a aujourd'hui qui tuent des gamins et ce que j'ai vécu c'était un peu comme ça. Mais à ce moment-là c'était moins grave, on me battait surtout à coups de trique, il n'y avait pas de pistolet et c'est pour ça que je ne suis pas morte.

L'école, j'y suis restée jusqu'à onze ans et trois mois et demi, j'aurais tant aimé avoir mon certificat d'études mais je n'y ai pas eu droit. Ménard, celui qu'avait mon âge, a fini par décrocher le diplôme, mais combien de choses je lui ai apprises... j'aurais dû continuer l'école... Il s'appelait Roger, cet imbécile de Ménard, il était pourtant plus vieux que moi, d'août alors que je suis née en novembre, mais c'est pas pour ça qu'il comprenait mieux.

Ma deuxième communion je l'ai faite étant déjà bonniche. Quand il y avait catéchisme j'allais au bourg alors que les autres étaient sur place, à l'école. Moi je gagnais ma vie. A onze ans et trois mois, terminé, plus d'apprentissage, plus rien. Trais les vaches. Bon, alors on s'habitue à ce régime...

Ça m'a mise, cette vie de bohémienne, près des malheureux. Je voulais les soulager et j'étais pire qu'eux. J'en avais tant, de la souffrance de gamine...

Si j'avais été à l'école, j'aurais aimé être infirmière et partir au front pour soigner les soldats, c'était mon rêve.

Chez les Ménard j'aurais pu être bien, mais Madame Ménard n'a pas vécu longtemps. Elle est morte alors que j'étais encore toute jeune. C'est moi qui l'ai habillée pour la coucher dans le cercueil. Quand on a douze ans c'est pas facile, surtout que je l'aimais bien, elle était gentille Madame Ménard. Elle m'a gardée et moi je l'ai vue partir, elle a eu un petit truc sur la langue et tout le sang est sorti par là, c'était pas du sang mais de l'eau rousse, tu vois, et à cette époque-là personne n'a su dire ce qu'elle avait vraiment attrapé.

Le docteur a parlé de leucémie mais moi je crois qu'elle est morte par les dents. Ma patronne avait des dents exécrables, elle n'a pas voulu se les faire arracher parce qu'elle allait à la porte de chez le dentiste et qu'elle repartait tellement elle avait peur, elle n'osait pas en passer par là et résultat elle s'est empoisonnée, avec ses dents pourries. Elle a vécu longtemps même si elle ne pouvait plus se lever ni rien et moi je l'ai soignée longtemps, avec des ventouses. A ce moment-là on disait qu'il fallait frotter la place des poumons avec un produit, le Yalacola, mais la peau s'en allait avec les ventouses quand je les retirais. Sans doute que le remède était trop fort... Ça l'a prolongée parce que ça lui enlevait un peu d'eau de sur les poumons, mais c'était quand même le soin à coups de trique.

Je l'ai soignée un an et puis à la fin je suis restée seule avec ses deux bonshommes, parce qu'elle m'avait dit : « Surtout ne les quitte pas, ils ne sauraient pas se débrouiller », alors je lui ai promis de rester et j'ai dit : « Oui, je ferai mon impossible. »

Toute seule avec deux hommes quand ma patronne est venue à mourir parce que je n'avais plus personne...

On était un peu les uns sur les autres, le père veuf et le fils de mon âge, alors devine, ils voulaient toujours m'embêter, forcément, le vieux était pire que le jeune, il essayait de me prendre dans les granges, les hommes c'est ça, ils n'étaient pas plus fins dans le temps que maintenant et j'avais peur, la vie devenait presque intenable là-dedans, les Ménard avaient toujours la tentation, les hommes ça cherche fortune et fortune ça n'existait pas chez moi, certainement pas, alors quand j'ai trouvé Auguste, je l'ai épousé.

Une vieille toquasse avait manigancé la rencontre.

Auguste est venu à la fin d'un repas, on s'est connus comme ça.

Je ne l'ai pas épousé par amour, je le trouvais un peu... mais j'en avais tellement marre de vivre avec les Ménard, il fallait en finir c'était pas vivable, le fils buvait comme un arsouille, il allait au bistrot comme tous les jeunes, avalait des tas de bières et moi fallait que je passe payer après, il n'avait pas le sou, son père ne voulait pas lui en donner parce que ça allait trop vite, les dépenses... Roger Ménard avait une sœur qui habitait à Sourdeval, elle était mariée à un bonhomme qui disait : « Faites attention qu'elle ne vous mange pas de sous, la Marie-Lou, surtout qu'elle pourrait bien vous en rapporter si elle voulait... », mais je continuais sans rien dire à m'occuper de l'argent de la maison, moi qui n'en avais pas, et je restais auprès de ces deux irresponsables. Madame Ménard m'avait demandé de continuer sa vie.

Madame Ménard avait remarqué que son mari faisait la bringue, si bien que c'est moi qui ai eu la confiance de la bourse. Il y en a pourtant eu beaucoup pour me critiquer et pour dire au patron : « Fais attention, elle pourrait tout te voler la Marie-Lou », mais personne n'a jamais pu me reprocher quoi que ce soit, même en cherchant bien.

Alors Auguste s'est trouvé, on s'est mariés mais sans que je veuille l'aimer tellement, on ne peut pas dire que je me sois mariée avec quelqu'un que j'adorais, c'était surtout pour me tirer de la merde, fallait trouver une solution. C'était un homme vieux pour moi, j'en aurais voulu un plus jeune, un moins emmerdant surtout puisqu'il était jaloux, mais le mariage a eu lieu sept mois après notre rencontre, presque aussitôt quoi. Je n'avais pratiquement jamais vu Auguste avant de l'épouser mais sans rien me dire il avait tout arrangé, il avait loué une petite ferme au Mesnil-Tôve, le nid était tout trouvé.

A la longue on vit ensemble, on s'habitue, après faut pas regretter.

Mais l'idéal c'était pas ça pour moi, au départ.

Il y en a d'autres qui ont peut-être eu plus d'amour mais ça n'a pas forcément été mieux après, et ce mariage m'a apporté quatre enfants superbes, même si j'ai dû me forcer un peu.

C'est mon patron qui m'a mariée alors qu'il avait tout fait pour retrousser ma jupe, mais il était adjoint au maire. Quelques années après, c'est aussi lui qui a enregistré l'acte de décès de son fils. Roger Ménard s'est suicidé, parce qu'il fumait, buvait, jusqu'à en perdre la tête. Il était marié mais ça n'a rien empêché, il s'est suicidé d'un coup de fusil dans la gorge. La fille Ménard tenait l'épicerie. Quand elle a appris la mort de son frère, elle a repris la ferme et elle a divorcé.

Tu sais, Aline, il y a beaucoup de suicides ici, c'est impensable, de jeunes aussi.

Au Mesnil-Tôve une dizaine de personnes se sont suicidées et ça continue… Le copain de Christelle par exemple, Eric qu'il s'appelait, il s'inquiétait toujours parce qu'il avait peur de ne pas réussir. C'était quelqu'un de très bien placé pourtant, mais ceux qui doutent toujours de l'avenir ne sont pas heureux, eh bien il s'est tué quand sa copine l'a laissé, elle le trouvait trop radin, ils ne s'entendaient pas, il a retrouvé une amie, ça allait, rien de travers, mais il s'est quand même suicidé. La grand-mère de Christelle a eu du mal à avaler cette histoire, elle l'aimait beaucoup ce petit jeune, est-ce qu'elle a parlé de ça avec Christelle, Christelle n'en a jamais rien dit et c'est difficile de chercher les puces, toujours est-il qu'elle a fini par se jeter dans un puits, la vieille.

Sûrement qu'elle n'avait pas accepté.

On n'aurait jamais pensé que cette femme-là aurait fait ça, à plus de quatre-vingts ans.

Où est-ce que j'en étais ? Ah, oui ! c'est ça. Je te racontais que le père Ménard m'a mariée avec Auguste. Ce jour-là on a fait la fête avec de vieux chants superbes même si la nourriture laissait à désirer… Avec l'accordéon on a dansé toute la nuit, c'était si beau, les musiciens n'étaient pas des vedettes comme on en voit aujourd'hui à la télé mais c'était quand même très gentil, il y avait plein de monde, les cinq frères de Pépère parce que la seule fille de la famille était morte très jeune, presque en venant au monde, le restant de ma famille et quelques voisins.

Tous les invités ont marché en procession quand on est sortis de la mairie. Ils avançaient derrière moi en ordre, chacun auprès de sa cavalière, et ça a duré comme ça jusqu'à l'église de Perriers, on ne pourrait plus organiser de si belles processions aujourd'hui que tout le monde se déplace en voiture et qu'on vient d'un coin et qu'on repart de l'autre. Certains avaient été invités à la partie, la collation d'avant la messe de onze heures, d'autres à un repas dans l'après-midi qui s'est prolongé avec des chants et des danses, et puis on a fini par le repas du soir et on a encore chanté et dansé jusqu'à cinq heures du matin...

Moi je l'ai toujours appelé Pépère, mon mari.

Je n'ai jamais su danser, Pépère oui mais il ne voulait pas m'apprendre, il avait peur que je lui échappe dans les bras d'un autre.

Ce sont les autres qui ont dansé, pas moi.

Pépère dansait tout et très bien, il avait appris aux périodes de battage avec les copains. Quand il s'est marié, il en a profité pour danser jusqu'au petit matin.

Ce jour-là, j'avais une robe blanche. Avant c'était pas la même chose, les robes étaient noires et à chaque nouvelle cérémonie les femmes remettaient leur tenue de mariée. Je me souviens de l'allure de mes belles-sœurs... Y avait pas de détachant, y avait rien... à la fin, elles étaient chouettes dans leurs guenilles !

Moi c'était pas pareil, elle était blanche, ma robe... C'est une dame de Mesnil-Tôve qui me l'avait faite, elle est morte l'année dernière. Ma tenue n'était pas extraordinaire, mais c'était déjà pas mal à part ma coiffure, on m'avait flanqué un tissu sur la tête qui pendouillait comme un vieux rideau.

Là c'est ma mère, sur ma photo de mariage, à côté de moi pour une fois. Elle portait un renard pour montrer aux voisins qu'elle avait réussi à Paris, la pauvre, alors qu'elle était receveuse dans les tramways. Comme elle passait sa vie à travailler pour un salaire de misère, elle m'a laissée, et pendant tout ce temps je n'ai pas vu ma mère. On s'est écrit mais pas souvent, pas longtemps, et puis elle est morte, après mon mariage.

Elle est morte juste après, à cause de l'absinthe.

Ma mère est enterrée à Paris. Je ne connais pas l'endroit de sa tombe parce qu'à cette époque-là on ne sortait pas beaucoup, elle était morte elle était morte, et Pépère ne voulait pas du tout monter à Paris, il disait : « Tu parles d'une histoire », ma sœur n'a pas été plus intelligente, elle n'était pas prête non plus à y aller, alors ils l'ont enterrée sans ses enfants, ma mère.

Des fois on y repense et on se dit : « C'est quand même bête, aujourd'hui on y courrait tout de suite », mais à ce moment-là c'était tout un problème... On laissait faire.

Ses logeurs ont gardé ses bijoux et ses petites affaires, il aurait fallu aller les récupérer et je n'en ai pas eu l'occasion. C'est vrai qu'elle n'avait presque rien mais j'aurais bien aimé rattraper des souvenirs.

Quand ma mère est tombée malade et qu'elle est partie à l'hôpital, elle a été abandonnée.

Chacun son tour.

Avant, elle avait trouvé un copain dont elle a élevé les gamins. C'étaient deux garçons qui avaient le même âge que ma sœur et moi. Le père s'appelait Croasse, comme les corbeaux... Tu l'as vu sur la photo de mariage de ma sœur, pour le mien il n'était déjà plus là. Je n'ai jamais su ce qu'il faisait, ce bonhomme, et quand ma mère est tombée très malade et qu'elle a fini à l'hôpital, il ne s'en est plus occupé.

Les gamins étaient élevés.

Ma mère était sans doute bien seule à la fin.

Ma mère ne buvait que de l'alcool, du vin et toutes ces choses-là. Elle a eu le foie pourri par la boisson. Elle attrapait des cuites. Elle n'a jamais rêvé, elle préférait boire. Elle avait une tête de poivrote.

Ma sœur aussi.

Elle a bu aussi.

Ma sœur était devenue comme elle, tu t'en souviens de ma sœur, boursouflée.

C'était pourtant une belle femme, ma mère.

Grande et brune, avec beaucoup d'allure.

Et pas sotte.

En plus elle aimait bien la ferme, elle allait dans les arbres et coupait le gui, fallait voir, elle n'était pas flemmarde, loin de là, et mon père était tout près, comme un voisin, on aurait pu rester au milieu de la campagne et des hortensias mais le grand-père n'a pas voulu.

A Paris, ma mère a élevé deux garçons qui n'étaient pas les siens alors qu'on rêvait d'elle à la campagne, ma sœur et moi. Le plus incroyable, c'est que ces deux garçons ont fait des recherches pour nous retrouver, ils voulaient savoir d'où ça venait leur vie, on a même mangé ensemble, une fois. Je retrouverais des photos d'eux si je fouillais dans le tiroir, mais je les ai peut-être brûlées, je ne m'en souviens pas.

En tout cas, sur la photo de mon mariage on voit bien qu'Auguste fait plus vieux que moi. Huit ans de plus mais huit ans qui comptaient lourd. Il faut dire qu'à cette époque-là, il n'y avait pas de jeunesse ou qu'elle durait moins longtemps.

Un jour j'ai découvert que Pépère ne savait pas lire et pas écrire et ça a pesé dur. Pour moi, quelqu'un qui ne sait pas lire mais bien compter ça ne suffit pas. J'ai essayé de lui apprendre dès qu'on a été mariés, je lui ai acheté un cahier d'écolier que j'ai caché dans le tiroir de la cuisine mais il n'a pas voulu l'ouvrir, le cahier est resté enfermé entre quatre planches.

J'avais mis du temps à m'en rendre compte, qu'il ne savait pas lire et pas écrire. Au moment de notre rencontre il m'envoyait des lettres, mais j'ai appris plus tard que c'était la cousine qui m'écrivait pour me parler d'amour.

Ces lettres, je les ai mises au feu.

Pépère ne voulait pas apprendre et pour moi il aurait dû, surtout qu'il était loin d'être idiot, mais il se trouvait trop vieux sans doute et il ne comprenait pas, il était à peine capable de faire un chèque. D'accord il n'a pas été longtemps à l'école, il a eu le malheur de naître en 1904 et après on sait ce qui est arrivé, il s'est mis commis de ferme et la guerre est venue aussitôt, d'accord mais il est allé à l'école plus longtemps que moi, même s'il est tombé sur un instituteur qui ne valait pas grand-chose et que ça n'a rien arrangé.

Ça je pouvais comprendre mais il y en avait d'autres, des illettrés, et certains se sont rattrapés, Pépère non, il croyait que c'était tout un monde, d'apprendre.

Je ne disais à personne qu'il ne savait pas lire et écrire. Ce n'était pas une honte mais presque... Ne pas savoir lire *à ce point-là* c'était bizarre et j'ai eu du mal à l'avaler. Moi non plus je suis pas allée à l'école longtemps, mais j'apprenais très bien. Quand ma grand-mère s'échappait et que je courais après elle pour la ramasser, je loupais des leçons mais je récupérais facilement, et on peut continuer à s'instruire après l'école, à l'église par exemple...

Après mon mariage j'ai tout de suite attendu Adèle. Il n'y avait pas de temps à perdre. On s'est mariés en avril et Adèle est née en février de l'année d'après. Personne ne m'a aidée pour l'accouchement. Le docteur ne savait pas se servir des forceps, Adèle est née par l'épaule. J'ai attendu dix jours avant de pouvoir remettre un pied par terre.

Il y en a beaucoup qui mouraient à cette époque quand elles mettaient un enfant au monde. L'enfant venait, la femme se retirait.

Adèle a été plus difficile à mettre au pas que n'importe quel autre gosse. Bien sûr elle a eu un problème à la naissance mais quand même, elle était méchante. Elle a eu les forceps, ça écrase la tête, ça la met en long, je crois qu'elle a crié tout de suite en sortant mais je m'en souviens pas, je n'étais plus vraiment là.

Le docteur n'a pas été très énergique et en plus il râlait : « Fallait pas la laisser grossir comme ça dans le ventre » mais qu'est-ce que j'y pouvais, je ne pouvais tout de même pas l'empêcher de prendre du poids ! Et après je l'entendais encore un peu qui disait : « Faut que ça vienne et que ça craque ou qu'elles meurent toutes les deux ensemble. »

Plus tard, j'ai voulu qu'Adèle aille en pension à Saint-Hilaire. Est-ce qu'elle a eu le certificat d'études, je ne sais pas, je crois que non, quand elle apprenait quelque chose ça échappait aussitôt, je la gardais parfois le soir et je lui disais : « T'iras te coucher quand tu m'auras récité ta leçon », elle récitait sa leçon et le lendemain tu lui redemandais la même chose, elle ne s'en souvenait pas. L'école ne servait à rien, quoi, tout le monde n'a pas les mêmes facilités et tous ses cauchemars lui travaillaient le cerveau. Les forceps ont dû l'esquinter. Je n'aurais pas dû accoucher à la maison mais aller à l'hôpital, sauf qu'on ne pouvait pas circuler. Il y avait de la neige, de la neige... le docteur a mis beaucoup de temps à arriver, alors c'est venu comme ça pouvait.

Il n'aurait pas fallu.

Mais c'est comme ça, on ne choisit pas.

En tout cas, Adèle nous en a fait voir de toutes les couleurs. Elle faisait pipi sur le linge, elle était insupportable, elle sortait tout ce qu'il y avait de blanc et elle faisait ses besoins là-dessus. Incroyable. Je n'ai jamais su pourquoi mais il a bien fallu la supporter. Heureusement qu'elle est chez elle maintenant.

Adèle a eu ses premières convulsions à deux ans. J'étais partie chez mon oncle Adrien tout à côté, sa femme était très malade alors on m'avait appelée, et je le vois avec ma fille dans les bras qui vient vers moi et me dit tout à trac : « Adèle, ça ne va pas non plus. » Elle était raide, elle voulait rendre, et nous on ne savait pas quoi faire alors on a appelé le docteur qui a ordonné : « Faites chauffer de l'eau » parce qu'on n'avait pas d'eau chaude au robinet, il l'a vite trempée dans le bain et ça s'est terminé mais ça avait duré longtemps. Il avait fallu qu'il vienne, le docteur, il avait fallu le prévenir sans téléphone. Adrien y est allé à vélo et c'était de la chance, le docteur était là, sans ça on aurait fait sans lui...

C'était un peu triste à côté de maintenant, mais aujourd'hui on a tout sous la main et on se plaint encore...

Quand la crise s'est terminée, le docteur nous a expliqué que c'étaient des convulsions, des vers étaient montés à la gorge d'Adèle, c'était nerveux. Avec un bain d'eau tiède bien salée il les avait fait redescendre. On disait ça autrefois, maintenant je ne sais pas, c'étaient peut-être les muscles en définitive. En tout cas nous on avait compris et on donnait du vermifuge.

Il y a des gosses qui sont pleins de vers et d'autres pas.

Chez toi, ça va ?

Adèle n'est pourtant pas la seule à avoir eu des misères. Moi, juste après mon mariage, le médecin m'a coupé le doigt. On avait bricolé un poirier, on voulait l'arracher avec une corde, j'avais forcé dur et j'avais failli tomber... c'en était resté là, et puis j'ai eu mal presque aussitôt dans la main, c'était un phlegmon. Au bout de quelques jours je souffrais le martyre, je ne pouvais plus bouger la main, je ne dormais pas, alors je me suis décidée à monter chez le docteur à Juvigny-le-Tertre, il a essayé de me soigner avec des sulfamides mais rien, je suis retournée chez lui en marchant à travers bois et là il m'a dit : « Il n'y a qu'une solution, il faut qu'on l'enlève ce doigt parce que après le mal va prendre toute la main et qu'on ne saura plus quoi faire. »

Alors il l'a coupé chez lui, sur la table de la cuisine.

Sa femme m'a fait une piqûre pour m'anesthésier mais ça n'a pas marché, je suis difficile à endormir. Et puis le docteur m'a tranché le doigt comme ça, sur la table, je ne sais pas ce qu'il en a fait après, et il a appelé la bonne pour qu'elle s'occupe de moi, on a bu un café toutes les deux et j'ai dit : « Bon, eh bien je vais rentrer à pied. » Mais le docteur n'a pas voulu, il a demandé à son fils de me raccompagner en voiture.

Il n'a pas bien travaillé, il a oublié un os et je ne peux plus fermer la main. Là aussi j'aurais dû aller à l'hôpital d'Avranches, mais je n'avais pas d'assurance, seulement pour les gros problèmes, mais crois-tu qu'on s'en occupait, et tirer sur un poirier ne serait jamais passé pour un accident, on m'aurait dit que c'était un mal qui venait comme ça. Tant pis.

Ce n'était pas comme aujourd'hui où tout le monde tire sur la ficelle pour savoir où il va en attraper, des subventions ou des indemnités, à ce moment-là il n'en était pas question, de toute façon on n'était pas assez riches pour payer les assurances, l'argent ne coulait pas dans les poches...

Quand je croisais d'aventure le docteur et que je lui

disais : « Ça me fait mal cette histoire », il me répondait : « Plains-toi, si tu avais un bras de moins ce serait pire. »

Ce n'était pourtant plus la guerre...

Pourquoi est-ce que je te raconte tout ça ? Tu me fais parler comme un mouchard... Mais maintenant que j'ai commencé il faut bien finir, on ne laisse jamais une assiette pleine quand on a manqué.

Je te parlais de mes enfants : d'Adèle, exécrable à élever et ça a continué, son père l'adorait, ça l'aidait à grogner davantage. Et puis il y a eu Irène qui est bien née. Heureusement, avec ce que j'avais eu la première fois. Mais je n'avais pas peur, pour elle j'avais confiance.

Irène, c'était surtout les otites.

Il y a des moments où ses oreilles coulaient, ça la faisait souffrir, il n'y avait pas encore de vrais médicaments, mais au moins elle ne se plaignait pas tout le temps. Et puis à deux ans, elle tenait des discours de grande personne.

Pendant la guerre, je suis restée seule avec mes deux filles un an et demi. Pépère était parti à la guerre. Comme il ne savait pas écrire, je n'avais pas beaucoup de nouvelles. Il faisait envoyer des lettres par des copains, c'est tout. Il disait seulement de ne pas s'inquiéter et encore, c'était rare. Mais je ne m'en faisais pas, j'avais autre chose à faire. Et puis je n'ai jamais été tellement trouillarde.

En 14 déjà, quand j'étais avec ma mère à Paris, j'ai connu les bombardements et on descendait dans les caves, je n'ai pas eu peur à ce moment-là, alors j'ai continué. En 40, des voisins voulaient encore m'épouvanter mais ils n'ont pas réussi. Moi je pensais que la guerre allait tout remettre au beau. On allait rencontrer du monde, des soldats et même des prisonniers étrangers.

La guerre c'était une bouffée d'air, dans les campagnes.

J'ai gardé la paire de lunettes d'un soldat allemand.

Irène venait d'avoir deux ans et ce jeune prisonnier la portait souvent sur ses épaules, il devait avoir un enfant du même âge. Moi je le laissais faire, je comprenais qu'Irène était une consolation pour lui. C'était son bonheur, un semblant de son enfant.

Un jour, le soldat s'est enfui dans la campagne pour rejoindre son destin et il a été tué. Par des Américains sûrement, ou par ses amis, on n'a jamais su, à Reffuveille on était entre les deux camps.

Quand on était entre deux feux, il y avait une trentaine de personnes à la maison, des réfugiés. Tous les jours on allait chercher du pain au bourg, on coupait par la forêt de châtaigniers pour ne pas se faire prendre, et puis tu vois on est passés au travers. Quand on parle de ça à des jeunes, ils ne peuvent pas imaginer, il faut l'avoir vécu.

Il faut dire que cette forêt je la connaissais bien. Quand j'étais petite déjà, je la traversais pour aller chercher du pain. Mes grands-parents n'avaient pas de four alors ils m'envoyaient tous les quinze jours prendre une miche chez un vieux monsieur. Les gens du village me disaient :

« Faut que tu saches, Poussin de Haie, que ce monsieur c'est le père de ton père », et je les croyais parce que le monsieur me donnait le pain avec un drôle de sourire.

Parfois, il me tirait la joue.

Mon père aussi était gentil, il m'avait presque reconnue. Quand il me croisait il disait : « Voilà ma fille » et il se sentait même obligé de faire quelque chose pour moi.

Ma mère a rencontré Antonin Maille quand elle était bonne de ferme. Elle avait eu ma sœur avec un autre, un inconnu.

Mon père, c'est un gars du coin. Tous ses enfants, les Maille, ce sont mes demi-frères et mes demi-sœurs. Alors plus tard, j'ai dit à mes fils : « Surtout ne fréquentez pas une fille Maille, parce que tout ça c'est de la famille, pas de consanguinité, c'est mauvais pour les bêtes et les hommes », mais il m'adorait, ce père-là, quand il me voyait, il me disait : « Bonjour, ma fille » et il me prenait dans ses bras.

D'accord il était marié, il avait même une grande famille, sept ou huit enfants, mais quand il me rencontrait avec eux ça ne faisait rien, n'importe où c'était pareil, il me tenait. J'étais adorée de lui. Mais c'était un pauvre type qui avait du mal à vivre.

Ce père, finalement, il a aidé pour m'élever. En demandant à son père qui habitait près du bois dans le haut du bourg de me donner du pain. A part ce bout de pain qu'il me glissait de temps en temps, il n'avait rien à donner. Il n'allait pas me payer des études, à moi, pendant qu'il n'en payait pas aux autres.

C'était pourtant moi l'aînée de sa famille. Oui, il s'est marié après. Il n'a pas épousé ma mère parce qu'elle s'est enfuie à Paris, c'est tout.

Après elle voulait le retrouver, et c'est moi qui ai dit : « Non, tu n'iras pas te mettre dans les pieds de sa femme », je lui ai interdit d'y aller... il avait sa famille, pourquoi est-ce qu'elle aurait été se flanquer là-bas, pourquoi est-ce qu'elle serait allée le voir ?

J'ai dit non, elle n'y est pas allée, elle m'a obéi.

Et pourtant on me critiquait, on m'appelait Poussin de Haie, ça s'avale mais quand même, les voisins avaient toujours quelque chose à dire : « Tiens, sa mère n'est pas mariée... » et j'attrapais ça au vol, c'était un grand problème autrefois, maintenant tout le monde s'en fout, alors pourquoi est-ce qu'il a fallu que j'en souffre ?

Moi, je suis toujours restée auprès de mon père. Il habitait Mesnil-Tôve, on était voisins. Sa femme savait que j'étais la fille de son mari, elle ne disait rien. Elle me souhaitait même le bonjour, quand on se voyait au marché de Saint-Hilaire.

C'était pas ma famille mais presque.

J'aurais pu avoir une famille.

C'est à cause de ça que j'ai aimé la guerre, au moins il y avait de l'entraide.

Quand j'étais seule avec mes deux filles, mon oncle Adrien venait souvent. Comme il était revenu de 18 avec une rotule en moins, on n'a pas pu le renvoyer en 39. Heureusement dans un certain sens, car il prenait des cuites impensables... Dès que je quittais la maison, il rentrait vite pour boire une goutte en cachette et d'un seul coup il était pris d'une crise de jalousie, il avait peur que quelqu'un aille voir sa femme pendant qu'il était là à bleûner alors il foutait le camp, à pied, sans rien dire, et je me disais : Tiens il n'est plus là, où est-ce qu'il est parti, puis je pensais : Y a pas de doute, il va bien se retrouver, même s'il n'y avait pas de téléphone pour que je sache où il était rendu...

Jaloux de sa femme alors qu'il lui faisait tous les coups pendables et qu'il lui tapait dessus... Moi, au moins, je n'avais pas à m'en plaindre d'Adrien, il m'aidait à travailler l'engin... Il pouvait bien, remarque, car c'était mon parrain, le frère de ma mère...

Quand il venait il me parlait toujours de la guerre. De Verdun. C'est là qu'il a perdu une rotule. Dans ce massacre.

Il était comme drogué de la guerre, il n'arrivait pas à oublier, il en parlait avec ses copains et même au curé.

Moi je lui parlais du destin.

Le destin, c'est que certains sont morts et d'autres pas. Que tout était écrit. Le destin, pour le curé ça n'existe pas. Moi je dis que ça existe. On naît avec ce qui doit nous arriver, seulement on ne le sait pas, on l'apprend petit à petit, c'est tout. Mais pourquoi est-ce qu'on naît comme ça ? C'est encore le coup du destin et personne ne me fera croire le contraire.

Quand Pépère en a eu marre, de la guerre, il est revenu d'Alsace à pied. De toute façon, il ne se battait pas, il suivait le bataillon, il n'avait pas grande occupation, il se promenait... Sauf à un moment, quand il a travaillé à l'infirmerie...

Moi je voulais être infirmière mais on m'a loupée.

Alors je me suis laissé rouler là où c'est tombé, c'est tout.

Ça m'a fait beaucoup de peine de ne pas pouvoir continuer mes études. Les Ménard avaient trouvé que c'était farfelu de vouloir devenir infirmière. Quand il n'y a personne pour te pousser et pas d'argent... Je touchais cinquante francs par an pour être bonne de ferme, j'étais loin du compte, j'avais de quoi m'acheter deux blouses et une paire de chaussettes.

Cinquante francs par an, nourrie logée.

Alors c'est Pépère qui a été infirmier pendant la guerre.

C'est le destin.

A la place d'aller sur le front pour sauver des blessés, j'ai fait des piqûres et des accouchements dans le bourg. Avec ça il m'en restait un peu, des rêves...

J'ai accouché des femmes, une trentaine, sans apprendre. Tu sais, à ce moment-là, on faisait comme on pouvait, personne n'apprenait rien, c'était tellement différent d'aujourd'hui... Toute seule ça m'est arrivé une fois ou deux, sans docteur sans rien, mais j'avais vu avec eux, il suffisait de bien les regarder. Il n'y avait pas d'infirmières dans les campagnes pour la pénicilline ou autre, alors le docteur disait : « Faut appeler Marie-Lou » et il fallait y aller, à minuit, faire la piqûre ou accoucher.

C'est chez les Gattebois qu'on m'a appelée la première fois, et j'ai su accoucher parce que je lui servais de mère, à cette jeune femme qui allait avoir un bébé. Elle n'avait pas de mère, moi non plus, je savais ce que c'était que d'être perdue. On ne l'a pas emmenée à l'hôpital comme on le ferait aujourd'hui, il n'y avait personne autour d'elle, personne à qui faire confiance, et c'était difficile à accepter, alors je l'ai aidée.

C'est pour ça que j'allais soigner les hommes et accoucher les femmes, je voulais les aider et je n'avais pas peur du tout.

Pour Auguste c'était pas pareil, il n'a pas voulu continuer à soigner les soldats, il est donc rentré avec quatre copains. Il a marché de village en village et, comme les Allemands étaient au travers des campagnes, il s'est caché. Il n'a pas enlevé ses chaussures pendant le voyage, autrement il n'aurait pas réussi à les remettre tellement ses pieds avaient gonflé. A la fin, un cousin de Vire l'a ramassé et ils sont rentrés dans une belle voiture tirée par un cheval.

Mais quand il est revenu de la guerre, Auguste a encore montré sa jalousie. Il me trouvait sans doute trop belle, alors il a décidé que personne ne devait me parler et ça je n'ai pas pu le supporter.

J'avais déjà voulu m'échapper de chez les Ménard à cause des crises de jalousie épouvantables dans le couple, ils s'engueulaient souvent les Ménard, surtout que le père avait fréquenté la bonne qui travaillait chez eux avant moi, une fille un peu con, bien trop naïve et qui lui avait cédé dans la paille.

Je me souviens de m'être dit : Chez moi ça ne sera jamais comme ça, pas de jalousie, résultat ça a été comme ça, et j'ai été obligée d'apprendre que dans la vie il ne faut rien prévoir, mais plutôt attendre que ça aille mieux.

D'ailleurs à la fin ça s'est passé, les scènes d'Auguste, parce que je me suis mise en colère. C'était un peu lourd, sa jalousie, j'étais encore sous surveillance et dès que je voulais sortir quelque part j'avais pas le droit d'y aller, pas du tout. La première chose que j'ai faite, c'est d'aller au cinéma : il y avait une petite salle à Chérencé-le-Roussel, je dis à Pépère : « Je vais voir un film » et Pépère me répond : « Sûrement que non », alors j'ai claqué des talons et je suis partie.

Quand j'étais à travers champs je me suis dit : Ben dis donc, quelle salade on va ramasser quand on va revenir, bien rien du tout, le premier pas était fait.

Tu vois dans un couple il ne faut pas être trop souple mais se tenir à sa place et ne pas avoir peur. J'avais rêvé d'un ménage sans bruit, idéal, alors qu'il fallait se bagarrer des fois, pour des conneries surtout.

On en est tous là, à se bagarrer pour des bêtises, non ?

Avant Auguste, un autre homme m'avait demandée en mariage mais comme j'habitais dans une maison avec deux hommes, les Ménard, il s'était figuré que je vivais peut-être avec eux... C'était complètement faux, mais c'est pourtant ce qu'il a cru et il est parti, pfft, pfft...

tant pis pour lui. De toute façon, j'avais senti qu'il était jaloux, lui aussi.

J'ai été marquée par la jalousie.

J'ai toujours connu la jalousie sauf avec ma sœur. Entre nous, il n'y a jamais eu un mot de travers. C'est un fait que j'ai connu l'envie quand elle a appris à coudre mais après la fortune a basculé. J'ai finalement eu beaucoup plus de chance qu'elle parce qu'elle s'est mariée avec un fainéant.

Et bien, rien.

Elle n'a pas été jalouse. Elle ne m'a jamais dit : « Tu en as, de la chance », non, rien. Elle habitait pourtant en haut de la côte et j'allais souvent la voir, mais elle ne m'a jamais fait de reproche, jamais.

Heureusement, Auguste c'était aussi un homme hardi : d'abord il s'est évadé de la guerre, faut dire qu'il croyait avoir du travail à la ferme qui ne pouvait pas attendre mais il a été surpris quand il est arrivé, j'avais tout réglé. Et puis il ne se mettait pas à trembler pour un rien : il était au bout du chemin quand les Américains ont débarqué et qu'ils ont jeté du chocolat aux enfants par-dessus leurs Jeep. Tout le monde s'est mis à courir pour en attraper et c'est là que les bombardements ont recommencé.

Nous, on voulait du chocolat.

Alors Auguste a continué à avancer dans le jardin, il avait déjà été blessé pendant les combats mais il a dit : « On va en avoir, du chocolat, on en a eu qu'un petit bout »... Trois arbres ont plié devant lui et tout le jardin a sauté. Y avait le voisin qui nous disait de faire attention, il tremblait. Moi je lui ai dit : « Foutez-nous la paix, vous » et j'ai prévenu Auguste : « Tu ferais mieux de rester avec nous, surtout pour les gamins », mais j'étais fière de lui et c'est ce jour-là que j'ai décidé qu'on appellerait tous nos chiens Sanspeur.

Puis Auguste a gagné de l'argent en posant des couvertures en paille sur le toit des maisons détruites et moi je l'aidais en lavant du linge après le travail de la ferme.

J'avais déjà réussi à économiser chez les Ménard, et ma tante m'avait donné quelque chose.

Est-ce que ça venait quand même de ma mère, je n'en sais rien.

Je ne dépensais pas pour avoir mon meuble : un lit, une armoire et surtout des chaises. Quand on a eu assez d'argent on s'est rendus chez Juhel à Sourdeval, et on a acheté notre chez-nous, la facture est encore dans le tiroir de la table.

On a mis du temps pour vivre dans nos meubles parce qu'on a commencé commis de ferme, Pépère et moi, et qu'on touchait cinquante francs par an chacun. On travaillait toute l'année avant de voir la couleur d'un sou. Il y en avait qui demandaient une avance. Certains patrons la donnaient, d'autres disaient : « Dites donc, on n'est pas rendu au 1er mars... » Le 1er mars, c'était le jour où les commis pouvaient changer de place parce qu'on les louait toujours à l'année, dans les fermes. Il fallait attendre la fin de l'engagement pour toucher un franc. Pour les déménagements des fermes, c'était le jour de la Saint-Michel, le 29 septembre, avant les semailles et après les moissons. Il y avait quelques dérogations mais pas souvent, celui qui avait loué la ferme la gardait pour trois ou six ans et même s'il passait son temps à rêver, le propriétaire n'avait rien à en dire. Les serviteurs aussi étaient loués à l'année. Certains n'étaient pas heureux. Moi j'avais une patronne très gentille qui me donnait parfois de l'argent avant le terme. Je n'étais pas obligée de tout dépenser, ma mère m'envoyait parfois des habits de Paris, on ne va pas un an avec les mêmes frusques...

Celui qui ferait la marche arrière jusqu'à cette époque trouverait ça drôle, il se demanderait sûrement s'il n'a pas affaire à une bande de fous...

C'était un temps sauvage.

On pouvait travailler un an sans un sou et sans argent tu n'es pas libre, mais c'était l'habitude et personne ne disait rien... On ne savait pas ce qu'était un dimanche, on n'arrête pas de traire les vaches le jour du Seigneur.

Toujours au boulot... Toujours au boulot à cette époque-là.

Lorsque Pépère est rentré de la guerre, on a fait nos deux fils : Baptiste est né en 42, René en 44.

Quand j'ai eu mes quatre enfants je n'avais personne pour s'occuper de moi, je n'avais pas de mère, je n'avais rien. Il y avait des jours où j'avais envie de pleurer, c'est normal quand une femme jeune se retrouve toute seule avec ses marmots, mais enfin bon... Au moins Pépère était content parce qu'on n'avait encore eu que deux filles, Adèle dont je t'ai assez parlé, et Irène.

Pépère aimait bien Irène aussi, y a pas de doute, mais enfin cette fille-là c'était pas le même genre que sa sœur, elle était plus douce, elle comprenait mieux. Beaucoup mieux.

Irène c'est la première qui a fait des études dans la famille, elle a même réussi à décrocher le bac, c'est dire.

Adèle on l'avait pourtant mise à Saint-Hilaire, elle aurait dû avoir son certificat d'études mais ça ne rentrait pas trop. A treize ou quatorze ans elle est revenue à la ferme, ça ne servait plus à rien d'attendre, elle devait nous aider, c'est tout. A l'école, elle a seulement réussi à rencontrer son futur mari, le Jean. C'étaient des amours très jeunes.

Il venait la voir à Saint-Hilaire, et même si elle était placée dans un collège de bonnes sœurs il trouvait moyen de se faufiler. Mais ils ne couchaient pas ensemble, enfin je l'espère... Surtout que c'était déjà un fainéant et qu'il n'a pas changé, il a surtout réussi à donner le mauvais exemple à ma fille. Encore aujourd'hui ces deux-là ne font rien de leurs mains, ils ne tournent même pas deux pelles dans le jardin pour avoir des légumes ou alors si c'est tourné c'est que quelqu'un est venu les aider, mais ils ne sarclent pas après alors ça ne sert à rien.

Enfin c'est comme ça...

Et puis c'en est encore un qui ne m'aime pas de trop, le Jean. Il me traite de n'importe qui n'importe quoi, vite fait de dire que je suis une sale bête ou d'autres choses encore... Et Adèle est pareille. Ils ont tous les deux besoin de dire du mal des autres et ils se figurent que je donne tout mon argent derrière leur dos. Faut dire que le père de Jean était un véritable arsouille, un alcoolique cent pour cent, ça peut aussi expliquer...

Mais Irène, elle est partie à l'école. A Rennes, parce qu'il ne fallait pas la laisser dans le collège mixte d'Avranches. Tout le monde s'y était mis pour qu'elle s'en aille, le curé, l'institutrice et son mari, et même le docteur Lemonnier. Ils avaient dit : « Faut qu'elle fasse des études, sûrement qu'elle réussira. » On l'a donc mise à Rennes, mais elle s'est fait renvoyer de l'école parce qu'elle faisait le clown... Alors on a été la rechercher et on l'a placée à Avranches... S'il n'y avait pas eu l'ancienne institutrice, Pépère n'aurait pas voulu qu'elle continue. Il était assez dur... Mais l'institutrice a dit : « Pas d'histoires, elle doit continuer ses études. » Pépère n'était pas décidé, l'institutrice si, c'était une chance d'avoir son appui.

Moi, je voulais qu'elle fasse des études, Irène. Quand j'ai vu Pépère qui ne savait pas lire ni écrire je lui ai rétorqué : « Pour les enfants ça ne sera jamais comme ça, je ferai tout pour qu'ils soient autrement. » Pépère n'a pas dit grand-chose. Mais un jour dans la voiture, alors qu'on revenait de la pension de Rennes, il s'est mis à hurler : « Oui, y en a que pour les enfants », et puis il s'est mis à gueuler comme un âne et tu ne peux pas savoir ce que j'en ai eu marre, mais vraiment, vraiment marre... Hélas ! Alors j'ai ouvert la portière de la voiture et j'ai voulu sauter en marche, oh oui, j'étais tellement vexée... Je faisais pour le mieux et lui piaillait : « Y en a que pour les jeunes... » J'avais envie de lui dire : Toi qui ne sais rien, tu crois que c'est mieux ? mais il ne fallait surtout pas dire ces mots-là, ça aurait été pire.

Est-ce que ça n'était pas un peu de jalousie ? Pépère devait penser : Moi je n'ai rien eu, pourquoi eux ? Il n'avait pourtant pas dit grand-chose au départ mais avec le temps la colère avait monté, ça lui coûtait de l'argent cette histoire, surtout qu'on n'avait droit à rien, pas de bourse à cause d'une vache de trop... Impensable. Pareil pour l'allaitement, quand Adèle est née j'ai demandé une aide, on touchait des primes pour ça à l'époque mais tintin, encore une vache de trop... On n'avait que cinq ou six vaches, tu parles, mais il en fallait quatre pour toucher des sous... C'est toujours quand tu essaies de t'en sortir que tu perds beaucoup.

Bref, on a tout payé pour l'école d'Irène. Auguste a commencé par rouspéter, j'ai failli sauter de la voiture, finalement il a compris et il a même ressenti de la fierté par rapport aux autres, mais il ne l'a jamais dit.

Et puis j'avais décidé que les enfants mangeraient au restaurant quand ils iraient à l'école. Pas sous le préau comme la plupart ni même à la cantine, mais dans le café du village pour que la nourriture soit toujours chaude. Mes enfants ne devaient pas manquer pour rattraper ce que j'avais souffert.

Moi, quand j'allais à l'école, je mangeais du pain et du sirop dans un coin de la cour. Le sirop c'était du cidre qu'on faisait cuire quarante-huit heures et à la fin ça formait une sorte de confiture. Le pain, c'est l'administration qui me le donnait. Comme les sabots et les blouses. On était presque tous logés à la même enseigne, habillés comme des chiffonniers à traîner nos sabots. Comme beaucoup d'enfants portaient les affaires de l'assistance sociale on était heureux avec ça. En fait on ne connaissait pas de riches, de vrais riches, de beaucoup plus riches que nous, certains avaient des choses valables à manger, d'autres pas, c'est tout.

Au début, quand je mangeais au fond de la cour, je grelottais avec mon pain dans la main, brrr, je recommence à trembler quand j'y pense. Après on m'a fait entrer près des fourneaux de la cantine et j'ai eu un peu plus chaud. Mais dès que ça s'est amélioré j'ai dû arrêter l'école pour travailler à la ferme. Je n'en ai pas beaucoup profité. C'est pour ça que, lorsque les enfants sont nés chez nous, j'ai interdit qu'ils mangent dehors ou même à la cantine. Je les ai envoyés au restaurant. C'était une grosse dépense. Mais Pépère a fini par comprendre qu'il fallait des repas chauds pour faire marcher la tête et il a rongé son frein.

Jusqu'au moment des résultats d'Irène au bac : là, Pépère s'est remis en colère. Une secrétaire de l'administration a mal recopié ses notes, elle a pris un quatorze pour un quatre. Il faut le faire quand même, c'est important de bien écrire, la preuve... Et c'est un des professeurs d'Irène qui a levé le lièvre. Il a dit : « Mais ce n'est pas possible, moi j'ai eu Irène comme élève et ce n'est pas pensable qu'elle ait quatre, je veux voir sa copie. » Dès qu'il a eu le papier entre les mains il a compris et il a téléphoné dare-dare au docteur Lemonnier puisqu'il n'aurait pas su où s'adresser autrement, le docteur a sauté dans sa voiture jusqu'à Avranches pour en avoir le cœur net et quand il est revenu il a dit à Irène : « Vite vite, retourne à tes livres, tu es reçue à l'écrit et tu dois passer l'oral demain. »

Pauvre Irène, elle a eu de l'anxiété à subir, reçue à l'écrit sans que personne ne veuille le croire sauf son professeur... Est-ce qu'on n'avait pas droit à la réussite comme les autres, nous, les paysans ?

Mais dès qu'elle a appris la nouvelle, Irène a foncé dans le brouillard. Elle a plongé dans ses bouquins pour attraper la réussite. Ce n'était vraiment pas de sa faute, cette erreur d'écriture, c'était un coup du destin.

Pépère était quand même content qu'elle soit reçue au bac, c'était pas souvent à cette époque-là, et puis après Irène est partie... Je ne sais plus où elle a fini ses études, je ne me souviens plus... Je ne sais plus non plus dans quoi elle s'est lancée, peut-être le français, c'est déjà loin tout ça...

Après, c'est sa mémoire à elle qui a marché...

Pendant tout ce temps du lycée, Irène ne revenait que pour les vacances à Noël, à Pâques et pour l'été. Elle n'avait pas ailleurs où aller, seulement chez nous. Je ne la voyais pas beaucoup, presque plus, et quand elle a eu son bac elle s'est acheté une Vespa... C'est Adèle qui avait trouvé le moyen de lui prêter de l'argent pour acheter cette sorte de mobylette, mais sans me le dire, tu penses bien... Puis mon Irène est partie jusque du côté de La Rochelle je ne sais où, je ne sais plus, elle a failli se tuer en arrivant parce qu'elle était vraiment bouffie de fatigue, elle allait chez des amis je crois, chez une copine d'école, ou dans une colonie de vacances puisqu'elle travaillait l'été, j'ai oublié le détail.

Après, elle a foutu le camp.

Je me suis dit : C'est un truc de jeunes, de foutre le camp, mais j'en ai eu gros sur le cœur.

Et puis elle a rencontré François. Au début nous on était pour, ça nous était égal que ce soit lui ou un autre... Si c'était celui-là qu'elle aimait... alors il a été question de les marier même si elle avait un peu fait la foire avant.

Quand elle a lâché François, il y en a eu un de Mortain qui est venu dans la cour, je le verrai toujours, il faisait le tour de la maison t'aurais dit un ours, c'était un homme grand, un fils unique tu vois le genre, ça n'a pas marché longtemps et elle a repris François, mais sans nous le dire et elle a foutu le camp.

Elle était institutrice à Domfront mais je n'en savais rien, elle ne venait pas nous voir, rien du tout. Un jour on s'est décidés à y aller, Pépère et moi. Elle ne nous a pas regardés, ça ne l'intéressait pas.

Après, on a appris qu'elle était mariée.

Avec François.

Mais on n'a jamais été prévenus avant. Elle ne nous a pas invités, elle ne nous a rien dit. Elle n'était jamais revenue à la maison pendant tout ce temps.

Et puis quand elle s'est trouvée enceinte de toi, on ne l'a pas su.

Tu es arrivée au monde, elle nous a écrit. Alors j'ai envoyé une lettre disant : « C'est dommage d'apprendre la naissance en même temps que la nouvelle, c'était pourtant prévu... » Elle ne nous invitait pas mais je suis quand même allée dans un magasin pour acheter un trousseau de bébé et je l'ai envoyé en écrivant : « Elle y a droit comme les autres », surtout que tu étais la première de cette famille-là.

Je lui ai fait un gros paquet et trois mois après, j'ai reçu une réponse. Elle demandait à venir. Alors j'ai répondu : « Y a pas de raison, on n'a jamais fermé la porte, au contraire, c'est toi qui es partie sans regarder si ça nous faisait du mal. »

Je les verrai toujours arriver... C'est dur quand on voit des gens débarquer comme ça, on se demande ce qu'on va se dire, on était presque devenus des étrangers.

Ils sont entrés dans la maison, je venais juste de ramasser des haricots dans le jardin et j'ai vu qu'ils étaient restés dans ma main. Alors François avance vers moi avec un bouquet de roses et me dit : « Bonjour, maman ! », j'attrape le bouquet et plaf ! dans le coin de la pièce, et je réponds : « C'est pas des roses que j'attends, c'est des cœurs d'enfant. »

C'est exactement ce que j'ai dit : « C'est pas des roses que j'attends, c'est des cœurs d'enfant », parce qu'ils avaient été longtemps sans nous prévenir, sans nous appeler.

Alors François est allé rechercher le bouquet et il a répondu : « Tout est là-dedans. »

C'est tout, c'est tout, c'est tout ce qu'on a dit.

Puis ils se sont mis à servir la table et on n'en a jamais reparlé.

Ça me faisait mal au cœur de voir ça mais ils revenaient, c'était déjà bien. Y en a d'autres qui sont partis et qui ne sont jamais revenus.

C'était un passage, c'est tout.

C'était l'histoire d'arriver avec leur bébé sans qu'on l'ait su avant, c'est ça qui nous causait le pire de souffrances...

En définitive on ne sait pas pourquoi on réagit comme ça, on n'en sait rien. Pourquoi est-ce qu'elle est partie, Irène ?

Elle ne savait pas ce qu'elle voulait, elle ne savait pas quoi faire de sa beauté, elle ne savait pas s'arrêter. Jusqu'au jour où François est revenu une deuxième fois, et alors là... On n'avait pas été prévenus qu'elle l'avait retrouvé. Un jour on nous a appris qu'ils étaient mariés. Par la logeuse d'Irène à Domfront. Un beau matin, cette femme nous dit : « Irène est mariée avec François » et nous on n'était certains de rien. Et ni l'un ni l'autre n'est revenu jusqu'au moment de ta naissance.

Heureusement que j'avais Andréa.

Andréa, c'était déjà mon amie. Il y a des gens qui sont toujours ensemble et puis d'autres qui peuvent pas se piffer. Andréa je l'ai rencontrée à l'église et on ne s'est plus quittées. Quand on s'est connues on a ouvert la porte d'un côté comme de l'autre. Elle m'a demandé : « Comment est-ce que vous avez été élevée ? » et j'ai répondu : « Par la misère » et elle m'a dit : « Moi, c'était par la Dass » puis elle m'a tout raconté, on mangeait dans un restaurant au moment d'une sortie paroissiale, c'était pas souvent alors je m'en souviens. Après on s'est trouvées liées et personne n'a rien pu y changer.

Quand elle est partie, Irène, Andréa me consolait en me parlant des noix. Elle me disait : « Cette année la récolte ne sera pas bien grosse à cause des corbeaux, mais faut bien qu'elles vivent ces bêtes-là, elles cherchent leur vie comme ça, sous les arbres, au petit bonheur, faut bien que tout le monde vive », et ça me consolait de l'entendre parce qu'elle voulait me dire qu'il fallait accepter le chemin de toutes les créatures du bon Dieu.

Mais je repartais à réfléchir et je cherchais toujours pourquoi elle était partie, Irène.

Je me souvenais qu'elle n'avait pas voulu se marier avec François, la première fois. On avait fixé son mariage, tout était prêt, et quinze jours avant la date convenue elle a dit : « Ben non, je ne me marie pas. » Quinze jours avant, il fallait tout annuler... On en était au mois d'août quand elle a dit non, mais elle s'est finalement mariée au moment de Noël. Va-t'en comprendre...

Enfin bon, il ne faut pas en reparler trop, il n'en a jamais plus été question. Mais ça dépend de la façon dont on reparle des choses... Avant je n'étais pas habituée à raconter, je n'avais pas appris. Je ne savais pas que c'était intéressant, le passé. J'avançais.

J'ai attendu le jour de mes quatre-vingts ans pour te parler de ma vie, tu t'en souviens ? Tu as répété des choses à ta mère, il y en avait beaucoup qu'elle ne connaissait pas. Que j'avais couché dehors, que ma mère s'appelait Rose, que j'avais épousé Auguste pour ficher le camp de chez les Ménard... J'avais tout gardé pour moi. Ça nous a finalement rapprochées, toutes ces paroles, et on a réussi à s'apprivoiser.

Les autres enfants ne sont pas partis comme Irène. Pas de la même façon, pas pour les mêmes raisons. Pour Adèle, tu sais. Elle s'est mariée avec Jean et ils se sont plantés près d'ici, à Cuves, et ils y sont toujours. Pour les deux garçons, il a fallu le service militaire ou la guerre pour qu'ils échappent. Baptiste a bien fait quelques études pour faire le même métier que nous, mais il a vraiment quitté le Mesnil-Tôve quand on l'a envoyé en Algérie. C'était la guerre de son âge. Heureusement il est revenu, mais bizarre. Il n'a jamais voulu rien dire de ce qui s'était passé là-bas.

Après c'était le tour de René, mais tout était fini quand il est parti, alors on l'a envoyé à Dakar, en dessous du Portugal, et il y a fait son régiment. Plus tard il a voulu y retourner avec Paulette, mais il a été déçu : le pays était toujours aussi dégueulasse alors qu'il s'était fatigué à apprendre la propreté aux Noirs.

Quand ils ont eu fini d'accomplir leur devoir, Baptiste et René se sont mis au travail. Avec Pépère on avait toujours voulu des fils pour la ferme mais René a préféré être maçon. C'est la guerre qui lui a mis cette idée dans la tête.

Il a vu les maisons démolies par les bombardements et il s'est tout de suite demandé comment faire pour tout réparer. Il n'était pas très content de notre ferme non plus et un jour il m'a demandé : « Tu as quel âge, maman ? », j'ai essayé de savoir pourquoi il posait cette question et il a répondu : « C'est pour savoir si tu vivras encore quand je serai grand, parce que je voudrais te construire une belle maison. »

Depuis ce temps-là, il n'a jamais changé d'opinion.

René aimait bricoler mais Baptiste ne disait pas grand-chose. En fin de compte, c'est lui qui est resté à la ferme. Il a choisi, c'est pas moi.

Et puis quand je parle de mes enfants, je compte toujours avec Prosper même si c'est un faux. Prosper, c'est un peu le cinquième gamin de la famille, celui qu'on a presque adopté. J'ai couru à son secours quand il a eu des ennuis et il s'en est souvenu. Moi je ne supportais pas de laisser quelqu'un dans la misère après tout ce qu'on m'avait fait.

C'était au moment de la guerre, Prosper n'avait pas très envie de se battre et il s'était réfugié chez un de ses cousins à la campagne où il était moins repérable qu'à Paris. Mais ce cousin avait un fils un peu tordu, un bon à rien sans doute jaloux d'un Parisien, qui a eu l'idée de voler ses parents en mettant Prosper dans le coup. Les parents devaient recevoir une prime, et quand l'assureur est venu c'est lui qui l'a empochée en proposant à Prosper de partager avec lui. Il cherchait un coupable idéal, il l'avait trouvé avec ce Parisien qui se cachait et qu'on pouvait facilement dénoncer à la police. Je ne sais pas comment Pépère l'a appris mais il l'a appris, et il est tout de suite allé voir Prosper en lui disant : « Rends l'argent ou tu le porteras toute ta vie. »

Prosper a baissé le nez, il a rendu l'argent et il est venu traîner dans notre cour. Alors quand je l'ai vu sans direction, je lui ai proposé de s'installer chez nous comme commis.

C'est comme ça qu'on s'est liés.

A la fin, il faisait presque partie de la famille et ça dure toujours, il a acheté une grange au bout du bois où il vient passer des vacances avec sa femme, ses filles et ses petits-enfants.

Le compte des enfants s'arrête là et c'est bien comme ça parce que c'est pas trop. Quatre gamins ce n'est pas une catastrophe, ça aurait pu être pire puisqu'à l'époque on ne connaissait pas encore la pilule. On se débrouillait avec Pépère, il savait se retirer avant le désastre. C'était pas le cas de tous les bonhommes, certains se foutaient de tout et un marmot arrivait tous les ans dans leur maison. Les femmes savaient bien qu'il fallait dire non les jours où ça prenait le mieux, mais fallait encore que le lascar soit d'accord. Et puis si c'était fait c'était trop tard, on n'avait pas idée d'arrêter la nature. Quand on est prise on est prise, le bon Dieu le sait et d'après lui c'est un péché de s'attaquer à l'humain. Et puis, si les femmes essayaient quand même de se débarrasser du marmot elles mouraient souvent et les autres comprenaient la leçon.

Le plus incroyable c'est qu'aujourd'hui vous avez du mal à avoir des enfants, tous les traitements retardent la nature, ça freine, et après c'est difficile d'être enceinte. Comme pour toi... tu en as eu du mal à faire des enfants...

Je ne peux pas m'empêcher de penser que la pilule a abîmé les femmes. On ne fait plus que des gamins sur commande, et après l'âge de vingt-cinq ans Dame Nature n'est plus si généreuse... C'est aussi un progrès parce que les jeunes peuvent coucher ensemble sans penser à bébé, la génération le veut, mais après il y a plein d'embêtements, ça ne passe plus au bon endroit.

J'ai un cousin qui a vécu avec sa femme neuf ans sans enfant et ça l'ennuyait, puis d'un seul coup il en a eu quatre à suivre.

Pourquoi, il se le demande lui-même.

Il n'a pas été voir de docteur ni rien et c'est arrivé comme ça.

Et encore une autre cousine, de Vire celle-là, vingt ans sans enfant et d'un seul coup il est arrivé une fille, mais la cousine a dit : « C'est très gentil, on est contents, mais on est quand même trop vieux. » Alors pourquoi c'est arrivé ? Surtout que lui n'en voulait pas, il en avait trop enterré. C'était son métier de mettre les enfants dans le cercueil, il était fossoyeur, mais il ne s'y était jamais vraiment habitué et il disait souvent aux parents : « C'est pas la peine d'en faire pour vivre ça. » Pour lui, c'était comme une hantise d'avoir un enfant parce qu'il avait peur de devoir l'enterrer aussi, mais le bon Dieu lui a quand même donné une fille.

Pourquoi est-ce que ça s'est débouché d'un coup ?

Remarque, d'un côté la pilule a tout arrangé. Les gens sont plus heureux, ils n'ont pas sept ou huit gamins à les suivre sans pouvoir leur donner à manger. Avant c'était souvent la vie en noir, un bout de pain sec et un oignon pour toute la famille, je l'ai assez vu pour m'en souvenir.

J'avais des voisins à Perriers-en-Beauficel chez qui le pain était sec et sans échalote.

Mais l'avenir d'aujourd'hui est grave aussi parce que l'avenir c'est le travail et que le travail il n'y en a plus. Qu'est-ce que ça deviendra surtout que personne n'y peut grand-chose ?

Résultat, il n'y a plus de grandes familles. Faut dire qu'on ne peut pas penser à donner la vie quand on est à l'école ou bien au chômage, et que tous les jeunes vivent l'un ou l'autre. Et puis il y a l'argent. Sans argent, qu'est-ce que ça devient un enfant ? Alors les jeunes restent chez papa et maman maintenant, mais est-ce qu'ils ont vraiment leur âge ?

J'en connais certains à Juvigny dont Baptiste s'occupe depuis qu'il est conseiller municipal qui avancent avec des rollers et une grande queue de cheval à vingt ans et plus, on dirait de grands enfants et tu te demandes s'ils ne vont pas te cabosser en passant, faut se pousser devant ces grands benêts qui sont en train de faire les clowns... C'est incroyable, ça m'écroule vraiment...

Leurs parents n'ont pas le moindre argent mais les jeunes s'amusent quand même et ils font les imbéciles en prétendant que c'est la mode... Mais moi je me demande si ces enfants-là sauront élever des enfants et prendre la vie comme il faut.

Je ne sais pas.

D'accord, ce n'est pas leur faute s'il n'y a pas de boulot.

On ne peut pas le leur reprocher et c'est tout le problème.

D'accord mais tous ces jeunes, ne crois-tu pas qu'un jour ils vont se révolter en disant : « Pourquoi est-ce qu'on n'a pas de travail comme les autres ? » D'ailleurs ils rouspètent déjà un peu, ça commence, mais je crois que bientôt on aura une vraie révolte de jeunes.

Malgré tous ces problèmes, les enfants d'aujourd'hui sont trop choyés. On leur laisse faire tout ce qu'ils veulent et ce sera la catastrophe si ça ne s'améliore pas. Parce que c'est comme ça qu'on les abandonne, en ne leur apprenant pas à obéir.

Ils sont seuls trop souvent.

Quand les parents ne travaillent pas, ils se laissent aller et donnent le mauvais exemple, mais quand ils sont occupés c'est souvent pire, ils sacrifient tout à leur carrière, et moi je regarde les enfants et je pense qu'ils sont abandonnés autant que je l'ai été.

J'en vois beaucoup, des Poussins de Haie.

Un drôle de tour de roue quand même...

Je me souviens de cousins de Vire, des gens très bien, le fils était ingénieur et il était monté à Paris où il avait épousé une femme qui travaillait dans les assurances, mais cette femme s'est mise à faire beaucoup de bénévolat, alors quand ils ont eu deux enfants ils n'ont pas eu le temps de s'occuper d'eux. Eh bien c'était impensable, la grand-mère me l'a dit bien des fois, les gamins partaient coucher dans les granges, pas par obligation mais pour faire la foire ou pour trouver l'oubli. Quand la grand-mère voyait son petit-fils arriver comme un chiffonnier et lui dire : « J'ai dormi dans la paille », elle pensait qu'il était complètement abandonné. Surtout que la mère ne disait rien, elle se trouvait impeccable puisqu'elle s'occupait de bonnes œuvres.

De toute façon quand le pli est pris, c'est difficile de remettre ça de rang, cette femme ne pouvait plus rien espérer de ses enfants.

Je ne sais pas ce qu'ils sont devenus, la grand-mère

est morte maintenant et elle ne peut plus nous le dire, mais elle est partie écœurée de voir ses petits-enfants abandonnés par leur père et leur mère qui continuaient à se faire des mines pour rester ensemble comme s'ils avaient encore vingt ans en oubliant qu'ils avaient jeté deux gamins au monde.

Ce n'est pas aux autres de dresser les enfants, mais aux parents. Et pourtant ce sont eux qui braillent quand le gamin n'apprend pas à l'école alors qu'il n'y a personne à la maison pour s'occuper de lui.

Même au catéchisme le curé n'a plus le droit de rien dire. Quand il veut gronder un enfant la mère arrive derrière lui, la bouche grande ouverte. Prête à aboyer après un curé, du jamais-vu... Il y en a des tas comme ça, c'est grave, et quand les gosses tournent mal parce que la mère et le père ont laissé faire, tu peux être certaine qu'ils se plaignent encore en certifiant que ce n'est pas de leur faute.

Au lieu de bouger, les parents ont appris à râler et à réclamer. Il y a des femmes dans le bourg de Juvigny qui demandent aux cars de ramassage de prendre leurs gosses pour les mettre dix mètres plus loin, et elles piaillent, elles piaillent faut voir ! On dirait qu'on les écorche quand elles doivent faire dix mètres et que c'est le maire qui est responsable de leurs jambes... Tu parles d'un exemple... C'est affreux pour les enfants, ils n'ont même plus l'idée d'un effort.

Je trouve ça triste.

Il faut que tu sois dure avec tes enfants pour leur apprendre à vivre.

Certains parents ballots répètent : « Ah, j'en ai bavé dans le temps » et ils permettent à leurs enfants tout ce qu'ils n'ont pas eu le droit de faire mais ce n'est pas une solution, cinquante mètres à faire pour monter dans le car et les mères râlent, faut pas exagérer.

D'accord, c'est difficile de se marier et d'élever des enfants, les contes de fées ça n'existe pour personne et les problèmes au fond sont toujours les mêmes.

On a changé de dureté, c'est tout.

Mais quelle que soit la difficulté il faut continuer à se battre pour vivre.

Aujourd'hui on rêve devant des miroirs aux alouettes et on imagine que tout est facile comme dans la télé. C'est vrai que les images ont éveillé les gamins depuis trente ans qu'elles traînent dans les campagnes, mais il faudrait montrer des choses plus gaies. Dans le poste on tue, on vole et c'est ça qui donne l'exemple puisque les parents oublient d'élever leurs enfants. Aujourd'hui, on se plante devant la télé des crimes et on croit qu'elle dit la vérité. On voit des gamins tuer d'autres gamins et les nôtres disent : « Pourquoi pas moi ? », alors sûrement que je serais morte s'il y avait eu la télévision quand j'étais petite, il y en a tellement qui me critiquaient, mais heureusement ils n'avaient que des triques à cette époque-là.

Quoi faire ? Pas grand-chose mais enfin on peut rappeler le passé, ça peut aider.

Personne n'a plus idée de la façon dont ça a avancé, personne ne connaît plus la campagne. Moi je rigole parce que j'en vois qui ne font plus la différence entre une poule et un cochon.

Avec les petits ça s'améliore quand même depuis un moment. A l'école maternelle de Juvigny on leur apprend les plantations. Les enfants ont un petit coin de terrain pour piquer leurs machins et ça pousse, je te jure, je suis allée voir... Ça me fait plaisir parce qu'il y a tant de gosses qui ne s'occupent de rien, alors qu'il faut bien les habituer à regarder quelque chose...

Dans le temps on ne s'occupait pas de nous, on allait dans le bois si ça nous plaisait et pour le restant celui qui voulait un amusement devait se le fabriquer, ça ne tombait jamais du ciel, un cheval de bois.

Moi j'allais sur le bord de l'eau et je faisais des ronds avec de petits bateaux et des moulins avec un bout d'écorce, et ça tournait, ça tournait tout ça, alors je me mettais à chanter.

Il n'y avait pas de professeur de musique à cette époque-là, on apprenait en suivant les autres. On chantait ensemble, tous en chœur, à la période de la mécanique... Quand on battait le grain, ça chantait crois-moi et on ne se demandait pas comment ça passait auprès des autres, on osait chanter et parfois on se mettait à danser.

La danse ça me rappelle toujours Pépère.

Un soir où René était là avec ses ouvriers pour faire des travaux dans l'écurie, où on avait mangé et rigolé tous ensemble, un ouvrier a dit : « Laissez, monsieur, c'est moi qui vous sers ce soir », et Pépère a répondu : « Vous savez, chez nous, c'est toujours moi qui verserai à boire », et moi j'ai glissé : « Il va surtout être temps que tu ailles te reposer » parce que je lui trouvais les traits tirés, alors il est parti se coucher et il est mort.

Mais je ne m'en suis pas aperçue. Je me suis posée auprès de lui comme d'habitude et je lui ai dit : « Bonne nuit, Pépère », et sûr qu'il dormait profondément, il venait de mourir.

J'ai dormi toute la nuit avec lui sans me rendre compte qu'il était mort.

Au réveil, quand j'ai voulu le toucher, j'ai senti qu'il était froid.

On a toujours des choses à dire, mais le premier jour de la mort rien du tout, on pouvait me demander n'importe quoi, le cerveau était vide.

J'étais surprise par le fait et pourtant le docteur l'avait bien dit : « Il mourra d'un seul coup, il peut vivre pendant dix ans ou être mort dans cinq minutes, on n'y peut absolument rien, on ne peut pas mettre de pile dans le cœur parce qu'il mourrait immédiatement, alors vaut mieux attendre... » C'était la pompe qui était foutue et la pompe c'est un truc qui ne se remplace pas. Ça va ou ça va pas, c'est tout.

On reste plutôt nul dans un cas comme ça.

Après, j'ai habité toute seule.

Je me suis occupée des handicapés et des vieux, j'ai rendu des services tant que j'ai pu. A l'église, j'allais souvent dans des réunions avec mes amis, ça me donnait un train de vie. Et puis j'avais encore mes vaches, alors la vie a continué. Je n'avais pas le temps de m'ennuyer.

De toute façon je suis assez solitaire, trop longtemps seule je m'ennuie comme tout le monde, mais un peu ce n'est pas un drame, j'ai un tempérament comme ça. Tant qu'on peut encore s'occuper de ses affaires, on peut être seul. Pour moi, il arrivera ce qu'il voudra je m'en fiche, du moment que je n'embête personne.

Mais enfin là, j'avais du vide autour de moi. Personne à qui parler, rien du tout...

Heureusement qu'il y avait la télé.

Le lendemain de la mort de Pépère j'ai ouvert tous les trucs qui font du bruit. J'ai allumé la télé et la radio en même temps pour ne pas tomber dans l'ennui.

On m'aurait dit : « Il vient de mourir et ta télé marche ? », j'aurais répondu : « C'est mon soutien, je peux bien faire ce que je veux. » Même la nuit elle marchait, ça me faisait quelqu'un, une présence, mais si tu m'avais demandé : « Qu'est-ce qu'ils ont dit dans l'émission ? », je t'aurais répondu : « Je n'en sais rien, ça fait un bruit, quelqu'un est là mais je n'écoute rien de ce qu'il raconte. »

Impensable...

La vie après la mort, on se demande ce qu'elle sera mais personne ne me tirera de l'idée qu'il y a quelque chose parce que les jours qui ont suivi la mort de Pépère il y avait toujours un bruit dans la maison, comme s'il était en train de m'appeler. J'ai demandé à René de venir écouter le bruit, il l'a bien entendu mais il n'a pas été choqué. Il m'a dit que c'était une histoire de bonne femme alors je lui ai répondu : « Sois-en certain, il y a quelque chose après la mort, tu t'en rendras compte par toi-même », mais il a haussé les épaules.

Il peut dire ce qu'il veut mais il n'a jamais su me dire d'où il venait, ce bruit.

On aurait dit que Pépère appelait avec ce bruit bizarre qu'on ne comprend pas.

C'est plus qu'un bruit mais pas vraiment une parole. C'est comme une musique qui appelle au secours, une présence.

J'ai beaucoup vécu à l'église et je me souviens d'un enterrement à Chérencé-le-Roussel. Jusqu'à la fin du trentain, la famille elle aussi a entendu un bruit comme si le mort se trouvait dans l'entre-deux. Après la messe plus rien, la voix n'existait plus. Alors on ne peut pas dire qu'il n'y a rien après, ça n'est pas possible...

Moi dans mon cœur je continue à parler à Pépère, mais je peux pas te le raconter, tu vas croire que je radote... Le père curé m'a expliqué que ce bruit était là pour annoncer la visite du mort, mais comment comprendre ça ? De quoi est-ce qu'il pouvait avoir besoin, Pépère ? Personne n'est revenu pour nous parler de l'autre côté, alors...

Dans la vie, tout le monde croit en quelque chose et surtout qu'il a raison, c'est ça le problème... Les catholiques se moquent des Témoins de Jéhovah qui se moquent de tous les autres. Nous, les catholiques, on a Lourdes, on a les guérisons. Sans compter ceux qui ont vraiment été soulagés et qu'on n'a pas marqués dans les annales...

Prier redonne une autre direction. Quand tu veux tout foutre en l'air, ton mari et tes enfants, il faut prier, ça aide à passer les mauvais moments. Même Thomas qui ne croit en rien était content que j'aie prié pour lui quand il a eu son bac pour la deuxième fois. Et puis certains font des neuvaines et il y a un changement dans leur vie. En mieux.

Pour réussir à venir sur le bon chemin, il faut prendre sa bible et lire ce qui se passait autrefois. Les anciens n'ont pas que des bêtises à dire, ils ont souffert eux aussi, alors ça peut aider.

Et puis la Bible ne t'apprendra jamais la méchanceté, elle. Les autres sectes te ruinent, elles te demandent des sous et ça c'est mauvais signe, pas les catholiques... On te baptise même si tu n'as pas d'argent.

D'accord on en donne un peu, mais pas beaucoup et on comprend pourquoi, les cierges ne sont pas gratuits même si la fumée monte au ciel, et les curés doivent bien vivre aussi...

Pour définir la croyance, c'est difficile. En définitive, ça apprend que même au plus fort, même au plus grand, il peut arriver des histoires. Jésus est mort sur la croix mais les apôtres ne l'ont pas tous aidé à s'en sortir, au contraire, il y avait les bons et les mauvais, ils se seraient presque bouffés entre eux à certains moments tellement ils se chamaillaient.

Cette histoire c'est la vérité parce que ça nous montre qu'ici, dans notre monde, c'est la même chose et qu'on n'y pourra jamais rien... Les mauvais sont mauvais parce qu'ils sont nés comme ça ou qu'ils ont mal monté le chemin, et ceux-là iront en Enfer.

L'Enfer, c'est un truc qui te brûle.

Mais nous, les croyants, quand ça ne va pas, on se met tout de suite à prier, c'est ça la différence. Quelqu'un est malade, on fait tout de suite des neuvaines. On agit rapidement, à la racine.

L'autre jour, Julie et moi on a décidé de sortir quelqu'un de l'asile de Pontorson, quelqu'un qui perd la tête et pour qui plus ça va, plus ça va mal, alors on a prié. La femme du maire s'y est mise avec nous. Mais sûrement que tu ne sais même pas ce que c'est, toi, on ne t'a pas élevée à l'église, alors je vais te le dire : une neuvaine ça dure neuf jours, neuf jours à réciter la même prière... C'est long mais quand on est dans la mouise, on doit faire ce qu'on peut, et le mieux c'est d'essayer de taper aux meilleures portes...

Mais la vraie question, celle que je me pose : est-ce qu'on ressuscitera tous un jour ?

Tiens, mais c'est déjà mon voisin, le garde-chasse... Plus ça va, plus il rentre tôt du boulot... depuis qu'il a été nommé dans le public il n'a plus besoin de faire croire qu'il est sérieux...

Il n'y a pas longtemps je l'ai fait rire, je lui ai dit : « Mon bélier faut qu'il y passe », et il m'a répondu : « Et comment ? C'est pas vous qu'allez le tuer, il est méchant, il charge dès qu'on entre dans le champ avec un seau, alors...

– Alors justement », que je lui ai dit.

Le lendemain je suis entrée près des pommiers, du côté de la pente. Avec un seau. L'abruti de bélier n'attendait que ça. Il a foncé mais j'étais près des arbres. Je me suis ramassée sur un pommier et je l'ai regardé. Jamais il n'a eu l'air aussi méchant ni aussi bête, il a foncé. Au dernier moment, frttt... je me suis retournée et il a continué à galoper... C'est là qu'il s'est éclaté le crâne contre le pommier. Je l'ai bien eu.

Puis rien. Il n'a plus bougé ni rien.

C'était fini pour lui, peut-être qu'il a trouvé le paradis des imbéciles, on ne le saura jamais.

On ne saura jamais rien, Aline, mais j'ai été contente de te parler.

Nous, on n'est pas des bêtes, on croit en quelque chose, on avance, on avance mais jusqu'où ? Est-ce qu'on en saura un jour quelque chose ?

De toute façon, ce que je t'ai dit je ne l'emporterai pas dans la terre et puis je serai moins lourde devant le Christ quand je le verrai enfin.

Le Christ, je l'ai toujours aimé.

Quand j'étais petite mon père n'avait pas de visage, le Christ en avait un. C'est auprès de lui que je me rendrai, dans quelques jours ou quelques mois, c'est lui qui décidera.

Il m'appellera.

Quand j'ai raconté cette histoire à ma mère, elle a beaucoup pleuré. De sa famille, elle ne connaissait rien, Marie-Lou avait interdit qu'on en parle.

Pas le prénom de sa grand-mère.

Pas le prénom de son grand-père.

Un grand vide.

Presque rien.

Quand elle a su elle a beaucoup pleuré.

Puis elle aussi a voulu parler.

Traviole

Ma vie a commencé avec l'école, avant je n'ai aucun souvenir.

Ma petite enfance je l'ai oubliée ou on me l'a racontée et on l'a déformée, j'ai seulement l'image d'un vieux monsieur qui venait chez mes parents et avec lequel je parlais beaucoup, mais est-ce que je m'en souviens vraiment, je veux dire moi-même ?

Un jour, je suis allée rendre visite à sa femme à travers bois et elle m'a dit : « Je veux pas que tu retournes toute seule chez toi, Irène, y aurait du danger, sinon. » En chemin elle a eu envie de faire pipi, elle s'est accroupie en levant sa grande jupe et j'ai entendu un bruit : psss, psss, psss..., alors je lui ai dit : « Mais c'est pas vrai, tu as fait pipi sur tes jambes ! », « Mé non, voyons, m'a-t-elle répondu, j'ai une culotte fendue. »

C'est mon premier souvenir.

Là j'ai compris qu'on avait mis ses fesses en cage pour qu'elle ne les montre jamais aux autres, j'ai trouvé ça incroyable et j'ai décidé que je n'en porterais jamais, de culotte fendue.

Malgré cette apparente pudibonderie, c'était pourtant aux enfants de mener la vache au taureau dans les campagnes. Quand la vache était en chaleur et qu'il n'y avait rien à la ferme pour la satisfaire, mes parents me la mettaient au bout d'une corde sans se poser de question sur ce que j'allais voir et je menais la vache par les petits chemins, j'aimais bien, c'était presque une promenade, au moins j'étais tranquille, pendant ce temps-là personne ne me demandait de faire des travaux pénibles, et j'arrivais finalement là où on m'avait dit d'aller. Alors le père et le fils sortaient de leur ferme et je payais pour la saillie, je regardais la scène et je repartais.

C'était bizarre mais c'était le rôle des enfants, d'assister à ça.

Sur le chemin de l'école on trouvait aussi des distractions : deux jours de l'année, les étalons de Saint-Lô descendaient à Reffuveille et on allait voir les juments se faire engrosser dans des stalles avant de rentrer en classe. Tout le monde trouvait normal que les gamins soient là, nous on était contents, on assistait à la cérémonie, c'était sérieux parce que les paysans payaient cher pour que l'étalon s'occupe de la jument, un véritable événement. Comme les paysans voulaient que ça marche, ils aidaient l'étalon en dirigeant son pénis, surtout quand la bête en avait marre, il faut dire que parfois le mâle montait cinq ou six juments dans la journée et qu'à la fin il n'en avait plus vraiment envie, on le comprend, mais les paysans avaient descendu les étalons de Saint-Lô, une véritable expédition, et tout le monde devait faire un effort pour que la manœuvre soit rentable, même le cheval...

Chaque commune avait ses jours, un ou deux par an selon le nombre de juments, et mon père préférait payer une saillie publique plutôt que de laisser faire la nature avec les vieux rossignols qui traînaient dans les champs, il voulait seulement de l'étalon et c'est pour ça qu'il a toujours eu de beaux chevaux, des alezans roux comme des renards. C'était un perfectionniste, mon père, un amoureux de la beauté, mais aussi un calculateur qui vendait cher ses poulains.

Avec les saillies, au moins, on communiquait dans les campagnes. Sinon on ne causait pas beaucoup et je n'ai pas tellement de souvenirs.

Il faudrait avoir prononcé des mots pour garder des images précises. On m'a pourtant raconté que je parlais beaucoup quand j'étais petite, comme une adulte, que j'étais en avance. Mais c'est ce qu'on a bien voulu me dire.

Moi je me souviens seulement que c'était dur.

D'abord j'ai eu froid, les matins surtout.

Toute la famille habitait dans la même pièce et on se réchauffait comme on pouvait à la chaleur des autres. Je peux encore décrire l'endroit précisément : trois lits collés à la cheminée, un pour les parents, un pour les garçons, un pour les filles, des armoires et des buffets partout contre les murs, un cabinet de toilette c'est-à-dire une petite table sur laquelle se trouvaient la cuvette et le vase de faïence. Mais pour l'eau, on devait la prendre au puits.

Ce travail revenait aussi aux enfants mais c'était difficile, on ne réussissait pas toujours à jeter le seau, il fallait donner une impulsion à la chaîne pour qu'il se couche et quand il était enfin rempli on tournait un treuil, là aussi c'était compliqué, la chaîne s'enroulait sur elle-même et ça bloquait, il aurait fallu se mettre dans l'axe dès le départ mais on n'y arrivait pas souvent.

Quand on avait pris l'eau au puits on pouvait commencer la toilette. Tous les soirs on se lavait les pieds dans un grand chaudron en cuivre, c'était un rite familial. Après le repas on s'asseyait sur des chaises et là ça discutaillait un peu autour du feu. Alors j'écoutais les grillons qui chantaient dans l'âtre mais je ne les voyais pas, ils se cachaient sous le manteau de la cheminée.

Comme tous les enfants j'étais assez cruelle, je prenais un couteau pour les arracher à la fente et ils tombaient dans le feu. Certains avaient la chance de dégringoler à deux pas de l'enfer. Ceux-là je les observais longtemps. Le plus souvent ils retournaient vers la flamme et se brûlaient. C'est vrai qu'ils finissaient souvent mal, mais ma mère disait qu'il y en avait trop, des grillons.

Puis mon père faisait chauffer l'eau sur le feu dans un grand chaudron de cuivre. C'est toujours lui qui commençait la toilette : il ôtait ses sabots et ses chaussettes, plongeait ses pieds dans l'eau fumante et se décrassait. Après la casserole circulait et on baignait tous nos pieds dans la même eau.

Il ne fallait pas salir les draps.

La lessive, c'était vraiment un problème. On descendait, par tous les temps, au lavoir avec la brouette et le linge, on trempait les mains dans l'eau glacée en pensant qu'on n'était pas au bout de nos peines parce que après il faudrait remonter par un petit sentier très en pente et qu'à deux enfants on ne réussirait pas à faire avancer la brouette sans élan. En fait, un des enfants devait tenir les manchons et l'autre tirer la roue alors, crois-moi, ce n'était pas facile.

Mais il y avait de bons moments quand même. On était parfois trois ou quatre à laver en même temps et l'idée nous prenait de chanter. Ce qui me plaisait le plus, c'est qu'une truite passait quelquefois entre nos doigts sous la planche à linge. Elle venait souvent, va savoir pourquoi, elle devait aimer la compagnie, cette truite... Un jour ma mère a remué l'eau de sa main gauche, dans la droite elle tenait un panier à salade, et quand la truite est venue ma mère l'a attrapée.

Ça, vraiment, ça nous a fait rire.

On a mangé la truite le soir même.

Parfois on s'amusait, heureusement que maman avait de l'humour.

Après on a eu la radio parmi les premiers, et un tourne-disque que Prosper avait apporté à la maison. Prosper venait de Paris, il avait une mère anglaise et un père employé chez les Rothschild pour s'occuper des chevaux, une famille intéressante, mais son père est mort juste après sa mère et il a été élevé par une vieille tante anglaise près d'Enghien-les-Bains. Il était devenu orphelin assez tard pour bénéficier d'un environnement culturel dès sa première enfance, il y avait même des livres chez lui. Mais il est resté fragile : quand la guerre a éclaté il n'a pas accepté d'être requis, il ne supportait pas l'idée de la guerre, Prosper, alors il s'est caché chez un cousin voisin de mes parents, un des seuls parents qui lui restaient mais qui l'a maltraité, il ne voulait pas donner à manger à un déserteur parisien. Un jour, Prosper s'est plaint auprès de ma mère des mauvais traitements que son cousin lui faisait subir et comme à son habitude ma mère a répondu : « Eh bien, si ça ne va pas à côté viens chez nous, tu donneras un coup de main et puis c'est tout. » Et sur ces paroles Prosper s'est tout de suite installé à la maison. Moi je l'aimais bien Prosper, on aurait dit un dandy, il avait des disques et en plus des livres, les premiers qui sont entrés dans la maison.

De temps en temps il remontait à Paris mais pas longtemps, heureusement, il se plaisait beaucoup chez nous depuis qu'il était tombé amoureux de mon institutrice, Mademoiselle Milan. Alors il a descendu son tourne-disque au Mesnil-Tôve, un appareil à manivelle avec une grosse aiguille qu'on posait sur un cercle noir, nous on n'avait jamais vu ça, c'était vraiment une distraction, on passait des chansons, celles de Maurice Chevalier et bien d'autres puis on chantait à tue-tête : *A-voir un bon co-pain, voilà ce qu'il y a de meilleur au mon...on...de !*

Il n'y avait pas d'autre son que celui de nos voix à cette époque-là et il fallait animer les cérémonies, donc on copiait les paroles dans nos cahiers de chansons pour s'en souvenir au moment des mariages.

Et puis avec Prosper, on a appris à danser autour de la table.

Quand les parents étaient sortis on poussait les bancelles, on passait un disque et on valsait ou on entamait un tango, Prosper connaissait la danse. Auprès de lui je me disais que ce ne devait pas être si mal, Paris.

Prosper est resté trois ou quatre ans chez nous, il était très occupé, il a d'abord dragué ma maîtresse puis la bonne de la maison, il draguait tout le monde, quoi. Avec Mademoiselle Milan ça a marché assez longtemps, moi je trouvais ça bien, mais après il a dragué la bonne qui était une cousine de ma mère, Juliette Lenoir, il lui a même offert une bague de fiançailles qui brillait mais après la guerre elle est partie à Paris, ils se sont perdus de vue, et un jour Prosper nous a ramené son Italienne, Lina.

J'ai des souvenirs de ce cercle italien à Paris, Prosper m'emmenait parfois, ils habitaient près de Sannois dans une petite maison remplie de filles, Lina avait cinq sœurs, et le samedi après-midi elles se faisaient des mises en plis et des robes en parlant des garçons. Là, au moins, on aimait le bazar plus que la norme et ça parlait chiffons, coiffures et maquillages, maquillage des jambes aussi, elles se teignaient les mollets quand après la guerre on ne trouvait plus de bas, et je les voyais tracer une ligne plus sombre qui faisait office de couture quand elles avaient fini de passer le brou de noix. Puis elles se faisaient des coques, elles se partageaient les cheveux en trois, l'arrière pendait tout frisé et elles relevaient des mèches sur le côté qu'elles attachaient avec des peignes, c'était assez joli d'ailleurs et au-dessus c'était bouclé, mais à l'époque toutes les femmes étaient coiffées comme ça.

En plus Prosper m'a rapporté des livres de Paris qui racontaient des contes, de beaux ouvrages reliés à la couverture rouge avec des inscriptions dorées. J'ai adoré l'histoire du Petit Poucet, l'enfant abandonné dans les bois. J'ai appris à lire à cinq ans et j'ai cru que ces livres seraient ma propriété, Prosper me les avait donnés, mais aujourd'hui je ne sais pas où ils sont passés, dès que je suis partie au lycée mes frères ont dû s'en servir, ils les ont peut-être abîmés, de toute façon je ne pouvais rien posséder à la maison, personne ne se préoccupait de protéger mon identité ni ma sensibilité, on n'imaginait même pas que les sentiments pouvaient exister.

A la maison on ne me parlait pas de livres mais d'animaux, et avec les animaux j'ai des souvenirs difficiles.

J'avais du mal à mener les douze vaches de la ferme. Il fallait les conduire par quatre, en général on en attachait deux ensemble mais il en restait encore deux derrière qui s'amusaient à brouter où bon leur semblait. On me disait de les promener du champ à l'étable et de l'étable au champ, mais souvent une fleur suffisait à les arrêter. En vérité j'avais peur des vaches, elles n'étaient pas faciles à diriger et montaient sur mes pieds avec leurs gros sabots quand je m'approchais d'elles.

C'est normal, j'étais vraiment petite et elles ne me craignaient pas.

Je me souviens encore de mes peurs quand je traversais la forêt de châtaigniers avec elles, mais si j'arrivais en pleurant et en criant, mes parents me disaient : « Ouais, une vraie Parisienne cette fille, elle ne saura jamais s'occuper des bêtes... »

On me demandait aussi de tuer le poulet, on me disait : « Ça te servira plus tard » et il fallait que j'enfonce le couteau dans le gosier, que je fende le bec, que je saigne l'oiseau mais moi je n'y arrivais pas, chaque fois que je commençais je laissais tomber au milieu si bien qu'on m'insultait et qu'on me traitait encore de Parisienne.

Mes parents disaient que je ne saurais jamais rien faire.

Parce qu'ils pensaient encore à mon avenir, ils m'apprenaient aussi à tuer le lapin en lui arrachant l'œil. Ce n'était pas très plaisant, il ne pouvait même plus le refermer pour mourir tranquille, mais quand je demandais : « Pourquoi faut-il que je fasse ça ? », ma mère me répétait : « Ça te servira plus tard. »

C'est vrai qu'on venait de vivre la guerre et ses problèmes d'alimentation, c'est vrai mais quand même...

Et puis quand les petits cochons naissaient la nuit et que les parents étaient fatigués, c'étaient les enfants qui allaient surveiller l'accouchement de la truie. Je suais l'angoisse, parfois les petits arrivaient prisonniers dans la poche et il fallait les sortir de là, ou bien la mère avait du mal à mettre bas et à la fin les petits étaient morts...

Une fois, avec Baptiste, on s'était endormis, ben oui on était fatigués comme des enfants, et quand on s'est réveillés il y avait deux petits cochons morts, on s'est regardés tous les deux en pensant : Han.... on va prendre une de ces engueulades ! et on a décidé de planquer les petits cochons, personne ne pouvait savoir combien la truie en avait dans le ventre. Alors au milieu de la nuit, on est allés chercher une pioche et on a creusé un trou dans le champ d'à côté où on cultivait des topinambours assez hauts et on les a enfouis dans la terre froide.

On se disait : Là les petits cochons sont bien cachés et les parents ne sauront jamais rien, mais le lendemain, alors qu'on mangeait tous autour de la table et que la porte était ouverte parce qu'il faisait beau, on a vu le chien arriver bêtement avec un cochon mort dans la gueule...

Je me souviens que Baptiste et moi on a regardé les parents et qu'ils ont dit : « Mais qu'est-ce que c'est que ça ? » et que le chien a rapporté illico le deuxième cochon, il ne comprenait rien non plus le chien, c'était rare pour lui de manger le premier, alors il attendait qu'on lui dise de commencer pour dévorer son repas.

Baptiste attendait aussi, on était franchement dans nos petits souliers. Mais on ne s'est pas trop fait disputer, les parents ont senti que si on avait été jusqu'à enterrer les bêtes pendant la nuit c'est qu'on avait vraiment eu peur, alors...

On avait peur dès qu'on nous parlait d'argent.

Un animal c'était du revenu et quand il y avait des échecs dans l'élevage papa avait tendance à s'énerver. Il répétait avec l'air de circonstance : « C'est ça de moins qu'on va gagner », mais ce n'était pas la colère pour la colère, il y avait une raison aux cris, la perte du revenu.

Si je te parle du beurre et des œufs tu comprendras : on fabriquait le beurre mais on n'avait pas le droit d'en mettre beaucoup sur nos tartines et on cuisinait la soupe au saindoux, le beurre ça se vendait, on avait des poules mais on ne mangeait pas souvent leurs œufs, ma mère partait au marché avec des casiers de carton remplis, les œufs ça se vendait. Moi j'adorais les œufs, ça me donnait envie...

Je mangeais des œufs le mardi. Le mardi, c'était le jour du marché à Reffuveille et ma mère descendait au bourg pour y vendre son beurre. On préparait longtemps son départ : moi je faisais des dessins sur la motte avec une cuillère en bois puis ma mère plaçait le beurre dans un panier recouvert d'un torchon propre et humide, il ne fallait pas que ça colle, et elle partait rejoindre le marchand qui l'attendait au Café de l'Eglise avec une balance très précise. C'est à lui qu'on vendait aussi les œufs. Heureusement ma mère ne revenait pas les mains vides, elle passait chez un petit marchand qui vendait des oranges et des bananes sur un étal et achetait des fruits, tout le monde n'avait pas la même curiosité.

Mais dès qu'elle était partie j'étais contente, j'attendais de voir ce que papa allait faire.

Il cassait parfois des œufs pour nous préparer une grosse omelette, on aimait tellement ça tous les deux, et quand la poêle arrivait en fumant sur la table, c'était un vrai délire...

Ce sont des souvenirs d'avant la guerre.
Il y a l'avant et puis l'après.

J'ai oublié de dire que je suis née le 20 janvier 1937.

Je n'ai pas d'images des moments où j'habitais avec ma mère et ma sœur et que les hommes du pays étaient partis à la guerre sauf les vieux et les bancals – Adrien venait aider ma mère de temps en temps –, il me reste seulement une histoire de ces jours-là : notre cheval ne supportait pas qu'Adrien le mène parce qu'il était très attaché à mon père... C'était vraiment un problème, dès qu'Adrien arrivait le cheval se cabrait et ruait parce qu'il voulait son maître.

Un jour mon père a fini par rentrer de la guerre et c'est moi qui me trouvais au bout du chemin sans savoir ce que j'y faisais. J'ai vu un monsieur arriver à cheval avec une casquette et des moustaches, il n'était pas habillé comme on l'est à la ferme, ce monsieur est descendu de la grande bête et m'a soulevée pour m'embrasser. Moi j'ai dit comme une mécanique « Bonjour, monsieur » et j'ai écarquillé les yeux quand j'ai vu qu'il pleurait.

Je crois que mon père a été très vexé que je ne l'aie pas reconnu.

Heureusement que son cheval l'attendait toujours.

Il s'était échappé pendant la déconfiture de 40, c'était un tel désordre dans l'armée qu'il en a profité pour partir avec des copains, faut dire qu'il n'était pas très discipliné de nature, c'était un rebelle, mon père, dès qu'il en avait l'occasion il prenait la tangente... Alors il est revenu des Ardennes à travers bois, d'abord à pied puis à cheval, je ne sais pas comment il s'est débrouillé sauf qu'il a bénéficié d'une chaîne de solidarité.

Après on a eu quarante réfugiés à la maison. Des bombes étaient tombées partout aux alentours et les gens avaient peur de se faire tuer, ils avaient fui parce que entre Mortain et Avranches la route avait été coupée par les Allemands pour empêcher les Américains d'arriver, et qu'après les Américains avaient fait la même chose pour empêcher les Allemands de s'enfuir... Toujours est-il qu'en bombardant les routes, les soldats ont démoli les fermes et que mes parents ont été très accueillants. Dès qu'ils voyaient des familles à la dérive ils demandaient : « Où est-ce que vous allez ? » et si les gens ne savaient pas ils se retrouvaient à la maison. Moi j'adorais ça, on était une bande de quatorze gamins et comme il n'y avait plus de place on laissait nos lits aux grandes personnes et on couchait dehors, dans le foin.

De la guerre, j'ai d'excellents souvenirs. Tout était désorganisé et l'arrivée des Américains nous a comblés, ils venaient avec une autre façon de vivre. Dès qu'ils voyaient des enfants ils les emmenaient sur leurs Jeep, ils donnaient plein de bonbons, du chocolat et des friandises inconnues et le soir ils jouaient de la musique.

Je me souviens de leurs voix et d'un accordéon.

La ferme de mes parents était devenue un village, maman faisait la cuisine pour tout le monde, on avait installé un camp fixe dans le jardin et je croyais que cette vie durerait toujours.

Un soir, des dames en robe longue sont venues rendre visite aux soldats. Elles étaient trois, habillées de vêtements distingués. J'étais émerveillée... Je ne connaissais pas ces femmes, on m'a dit de ne pas les approcher, des soldats ont chuchoté leur nom et j'ai compris qu'elles étaient du coin mais que personne ne souhaitait les reconnaître. Et puis ma mère a dit quelque chose comme « les soldats trouvent toujours du gibier à se mettre sous la dent », elle a haussé les épaules et elle est retournée à la cuisine.

Mais plus tard tous les soldats sont partis, et sur le petit marché de Mesnil-Tôve d'autres femmes ont été tondues. On a dit que c'étaient des salopes et qu'il fallait les coincer puisqu'elles avaient choisi le mauvais camp, celui des Allemands, moi je ne comprenais pas très bien sauf qu'on les a exposées sur la place du village. Je n'ai pas de souvenir de cris de haine ou d'insultes, à part qu'on les a tondues, seulement ce geste et un grand silence pour les humilier.

C'était terrible.

Une horreur.

J'ai attendu que les cheveux des femmes repoussent.

Je les croisais parfois quand je retournais au bourg parce que la vie de l'habitude avait recommencé. Je retournais tous les jours à pied à l'école et c'était dur.

Avec les sabots, il fallait trois quarts d'heure pour faire les trois kilomètres à l'aller, la même chose au retour, j'avais tout le temps peur d'être en retard.

Je marchais par tous les temps. Un soir où je rentrais de l'école une tempête est venue de la mer, c'était une nuit très longue, une nuit de décembre, et tout le vent s'est pris dans mon capuchon. Il m'a poussée, poussée, et je suis tombée dans un fossé plein d'eau.

J'ai eu peur longtemps, et quand j'ai réussi à remonter sur la route je me suis assise sous le vent et j'ai décidé de ne plus bouger. J'étais toute seule, ma sœur s'était échappée avec d'autres enfants qu'on avait croisés par hasard et personne n'est venu me délivrer. Je ne sais plus comment je suis rentrée chez moi mais j'ai vraiment cru que le vent s'était moqué de moi...

C'est vrai que j'étais légère, d'ailleurs je me donnais tout le temps des coups de sabot dans les chevilles. Ça faisait très mal parce que mon père avait planté des clous sous les semelles de bois, un moyen de plus pour faire des économies, les sabots s'usaient moins vite, mais à force de marcher les clous ressortaient et je finissais par me blesser, j'étais toujours écorchée. Comme on avait des chaussettes pour ne pas avoir froid et qu'on ne nous mettait pas de pansements sur les blessures, le sang se prenait dans la laine qui collait à nos jambes, on ne s'en sortait pas, et moi j'avais toujours de grosses plaies aux chevilles qui me faisaient souffrir...

Je détestais les sabots.

Après la guerre on était un peu moins pauvres, alors on a porté des galoches, on avait enfin abandonné le bois pour des lanières de cuir. On nous répétait que c'était cher mais je m'en fichais, au moins je ne me faisais pas mal.

Quand on arrivait à l'école, on faisait sécher nos affaires autour du poêle et comme il pleuvait on était souvent trempés.

Dès le cours préparatoire j'ai rencontré Mademoiselle Poupinet. Elle était très gentille et j'étais sa chouchoute, c'était une révélation, l'école... Comme j'apprenais très vite, elle me faisait faire des tas de choses en plus : dès qu'elle avait oublié quelque chose elle m'envoyait le chercher dans son appartement au-dessus de la classe ou alors elle me disait d'aller porter des mots aux instituteurs dans les autres bâtiments, elle me demandait plein de petits services, Mademoiselle Poupinet, je faisais toutes ses courses.

Quand je restais dans la classe j'apprenais à lire et à écrire.

A cinq ans j'ai déchiffré mon premier livre de bibliothèque, quatre feuilles avec des dessins aux encres bleue, verte et rouge. C'était une petite histoire, c'était déjà tout un monde, pour moi.

Je me suis tout de suite occupée de la bibliothèque de la classe pour mieux dévorer les bouquins alignés sur l'étagère. Ce qui me surprenait, c'est que Mademoiselle Poupinet me laissait faire...

A l'école je me sentais dans mon élément, je réussissais bien mais je ne m'en rendais pas compte, ça me paraissait normal, sauf que j'avais des histoires avec les encriers, les plumes et les porte-plumes.

J'étais très maladroite, on m'appelait Traviole...

Quand il n'y avait plus d'encre je me disais : Tout s'est évaporé, alors je sortais l'encrier de sa cavité et je le penchais pour prendre la dernière goutte, mais souvent il restait plus de liquide que ce que j'avais imaginé et j'en renversais sur la table et sur mon tablier, de toute façon j'avais toujours des problèmes, avec moi les plumes se cassaient et crachaient partout sur la feuille, et quand je gommais, même soigneusement, ça faisait des trous... En plus, j'étais souvent de service pour remplir les encriers, Mademoiselle Poupinet me confiait une grosse bouteille avec un bec verseur et il fallait que je me promène entre les tables et que je vise juste sans que ça déborde, tu parles... c'était ma hantise ! Et quand je rentrais à la maison avec des taches d'encre sur la blouse, je me faisais disputer par ma mère parce que mon vêtement était foutu, l'encre ne sortait jamais du tissu et pour moi c'était un problème qui durait longtemps...

Heureusement que j'étais libre parfois à l'école. J'adorais jouer dans la cour de récréation, j'étais assez meneuse, j'organisais de grands jeux du gendarme et du voleur et je m'investissais complètement dans les parties... Et puis le midi on avait deux heures pour se balader où on voulait.

Moi j'allais au cimetière.

Sur le dépotoir je ramassais des couronnes de perles très hautes avec des dessins de feuillages et de fleurs, les gens les jetaient quand elles étaient abîmées, et je récupérais les perles enfilées sur les tiges de fer ou je sauvais les fleurs qui me plaisaient. Je trouvais ça magnifique, ces fleurs de perles, c'était une merveille... Après j'allais voir la tricoteuse, une vieille grand-mère qui fabriquait tout le temps des chaussettes près de sa fenêtre, elle s'appelait Madame Rébeux et ne disait rien quand on la dérangeait à deux ou trois enfants. Alors on s'installait et pendant qu'elle tricotait la vieille dame racontait des histoires, je la vois encore dans l'encadrement de sa fenêtre, elle avait une bonne tête et s'amusait beaucoup à nous raconter des sornettes.

Quand on descendait de chez elle on passait chez le menuisier, toutes les portes étaient ouvertes alors on entrait partout, on s'arrêtait pour regarder les copeaux voler et on les sentait, c'était chaud et magnifique, les hommes prenaient leurs rabots et faisaient valser les écorchures du bois, ça dansait partout, et quand un enfant disait au menuisier : « Est-ce que je peux t'aider ? », il lui passait facilement l'outil et lui montrait comment faire...

Il y avait les perles du cimetière, la faiseuse de chaussettes, le menuisier et le patron du café où nous mangions le midi parce que ma mère avait décidé que ses enfants seraient toujours bien nourris... Le patron vendait des cigarettes et des cartes postales qu'il rangeait dans une boîte à chaussures. J'ai passé des heures à fouiner dans sa collection, il y avait des cartes postales d'amoureux et de bonne année avec des brillants collés, pour moi c'était un vrai livre d'images.

J'emmenais des copines dans le café, on disait au patron : « On va classer les cartes postales » et on rangeait les amoureux ensemble, les villes ensemble, les dessins de Noël ensemble, on adorait ça. Une fois, dans le café, une de mes copines m'a dit : « J'ai trouvé une capote anglaise dans la chambre du commis », et moi j'ai répondu que je ne savais pas ce que c'était ni à quoi ça servait, alors elle a répondu avec un drôle de sourire : « Eh bien je t'en apporterai une et tu finiras bien par comprendre. » Le lendemain elle me dit : « On va aller sur la place du village et toi tu actionneras la pompe de la fontaine », je le fais évidemment et je vois un truc se remplir d'eau. Comme je ne saisis toujours pas, ma copine m'explique que le commis met ça sur son zizi pour ne pas avoir d'enfant, mais moi je trouve ça bizarre et la capote explose.

C'était en pleine journée sur la place du village, des gens sont bien passés mais personne n'a rien dit et à ce moment-là je me suis sentie libre.

A la maison ce n'était pas pareil, je souffrais de l'autorité de ma mère, heureusement elle n'avait pas toujours le temps de s'occuper de moi, tout le monde travaillait si bien que les enfants étaient un peu tranquilles.

Quand les parents étaient pris à leurs occupations on montait en haut de l'église et on se promenait sur les toits près des gargouilles. J'en ai caressé, des gargouilles. Lorsqu'on croisait par hasard le bedeau sur le chemin des cloches il ne trouvait rien à nous dire, seulement de sonner les vêpres à sa place s'il était trop saoul.

Avec mes copines on avait nos entrées partout.

Quand j'étais à la ferme, que les parents étaient occupés et qu'ils avaient oublié de me demander un service, je partais toute seule dans les bois, j'allais cueillir des noisettes ou des myrtilles ou alors j'allais à la pêche aux écrevisses. Tu vois, je faisais plein de choses sans la permission de mes parents. D'ailleurs personne ne se demandait où étaient les enfants ni ce qu'ils faisaient. Un jour, on a même perdu Baptiste. Les parents étaient partis, nous étions entre enfants, on nous avait peut-être dit de surveiller le petit frère mais tout le monde avait oublié, résultat il n'était plus là, nulle part. On l'a cherché partout, dans la maison d'abord parce qu'il ne pouvait pas aller bien loin, il avait trois ans, et comme il n'y était pas on a décidé de continuer les recherches dehors. On l'a appelé longtemps : « Baptiste ! Baptiste !... », même si on savait qu'à cet âge-là il ne répondrait pas forcément, et tout à coup on l'a aperçu près de l'étable.

Il s'était enlisé dans le fumier qui était déjà monté jusqu'au milieu de sa figure, il était carrément en train de se noyer dans le purin quand on l'a retrouvé... A la campagne il y avait souvent des accidents par manque de surveillance, les parents étaient occupés et les enfants ne se souvenaient pas toujours qu'il fallait faire attention aux autres.

Comme tu le vois, j'étais libre.

D'accord, il y avait des corvées et je travaillais beaucoup, mais j'avais aussi des instants à moi, il suffisait d'attendre.

Et puis je n'étais pas si malheureuse puisque mon père n'était pas violent, je n'ai reçu qu'une volée de sa part mais il était triste de m'avoir battue.

En plus je n'ai jamais manqué de nourriture ou de frusques, mes parents étaient même considérés comme des presque riches, faut dire qu'ils travaillaient dur pour qu'on soit un peu au-dessus du panier, ils avaient des choses à prouver, partis bonne et commis, ils ont quand même réussi à gagner de l'argent à force de courage.

C'est tout ce qu'ils ont réussi.

J'ai parlé d'anecdotes mais je n'ai pas encore dit que j'étais une étrangère dans ce milieu-là.

J'avais beaucoup de migraines, des maux de tête épouvantables, des crises de foie aussi quand j'étais contrariée. Comme j'étais bouleversée de ne pas pouvoir exprimer mes sentiments, je les traduisais en douleurs physiques.

Je parle trop souvent d'anecdotes et pas de sentiments parce que j'ai été éduquée à cacher mes émotions et que je n'ai pas connu les câlins, un bisou le matin un autre le soir au coin de la joue seulement.

« Dors bien, à demain. »

J'ai souffert de ce manque d'affection. J'avais de la nourriture et des fringues, pas d'amour. Mes parents n'en avaient pas reçu non plus, alors où est-ce qu'ils l'auraient pris ? Le problème, c'est que ça ne s'invente pas l'amour, faut en avoir reçu pour en donner ou avoir eu la chance de foutre le camp ailleurs.

J'ai manqué d'amour ; les parents voulaient réussir, il n'y avait que le travail, fallait bosser, toujours à la course d'ailleurs, on ramassait les pommes de terre à toute allure, on était toujours sous tension à la campagne parce qu'il n'y avait pas de mécanique alors c'étaient les bras, les parents travaillaient, les enfants aussi, il fallait qu'on réalise tout à la main dans un temps accéléré, on y allait sans réfléchir jusqu'à l'épuisement...

C'est comme ça que mes parents ont réussi, sur le plan financier, de vrais bosseurs.

Et nous, les enfants, nous étions entraînés dans leur spirale, leur spirale de travail.

Le pire de tout c'était quand ils tuaient le cochon parce qu'un enfant devait touiller le sang chaud.

Mon père allongeait l'animal qui hurlait et liait ses pattes, puis il prenait son grand couteau et tranchait la carotide. Quand c'était fait il traversait complètement la gorge et le dégoût venait comme le sang, à flots. Maman versait une bonne rasade de vinaigre dans un seau qu'elle plaçait là où ça coulait, de cette façon le sang ne devenait pas fibreux et on pouvait en faire du boudin, et puis elle appelait un enfant : « Baptiste ! »

ou : « Adèle ! », ou : « Irène ! », rarement René qui était le plus jeune.

Moi j'avais toujours très peur que ce soit mon tour de touiller le sang chaud.

Maman nous donnait un bâton pour qu'on évite de s'en mettre plein les mains, c'était une délicatesse, sans doute.

Quand François s'est présenté pour la première fois au Mesnil-Tôve mes parents ont décidé de tester sa virilité en lui demandant de tuer le cochon... Alors ils lui ont fait faire ça et François a failli tourner de l'œil, il était horrifié, remarque il y a de quoi, et je voyais bien mes parents qui rigolaient dans leurs moustaches. Ils ont vite compris que François était sensible et qu'on ne pourrait pas compter sur lui à la ferme car pour eux les vrais hommes ne devaient jamais exprimer leurs dégoûts ou leurs peurs. Leurs sentiments, quoi...

Moi aussi j'en ai eu des émotions violentes, avec les cochons... Un jour que la couturière était chez nous – elle passait tous les quinze jours pour réparer nos frusques et fabriquer nos blouses –, j'ai eu l'idée de faire plaisir à ma mère et je lui ai proposé de remettre la truie avec ses petits cochons dans la soue. Trop bonne encore. Maman m'a souri, je suis donc entrée dans la soue et la truie s'est jetée sur moi. Elle était énorme, elle m'a renversée par terre et a posé ses deux pattes avant sur mes épaules, elle a fouillé avec son groin sur mon visage pour me dévorer... J'ai hurlé et j'ai tout de suite fait pipi dans ma culotte.

Heureusement, mon père faisait des fagots dans le champ d'à côté, il a entendu mes cris et s'est précipité vers moi. Quand il est arrivé, parce que mon père est arrivé à temps, il s'est jeté sur la truie et il l'a tuée sur-le-champ.

Même après il était encore fou furieux.

Il a d'abord copieusement engueulé ma mère qui m'avait envoyée dans la soue sans me prévenir du danger ni m'indiquer ce qu'il fallait faire, c'est-à-dire ouvrir la porte, rentrer, refermer la porte, alors que moi je suis entrée et j'ai caressé les petits cochons, ils étaient si mignons.

C'est à ce moment-là que la mère s'est jetée sur moi.

J'ai failli être défigurée par une truie.

Je raconte encore des anecdotes.

Je raconte encore des anecdotes au lieu de dire que mes parents attendaient surtout la réussite pour dépasser les autres. Tout était fait pour la galerie... On allait à l'église parce que tout le monde y allait, on s'habillait en bleu parce que tout le monde en portait, il ne fallait surtout pas se distinguer...

Quand j'étais enfant, je trouvais déjà choquant qu'on m'interdise d'être différente. A la campagne, la mode c'était d'habiller les frères et les sœurs de la même façon, le même chapeau, la même veste, le même pantalon ou la même jupe plissée, mais j'ai eu la chance d'aller au collège et l'uniforme imposé m'a pour une fois servie : je n'étais plus habillée comme ma sœur Adèle.

Très vite je me suis glissée dans la faille. A treize ou quatorze ans je choisissais mes tissus au marché, j'avais même la liberté d'assortir les couleurs. Je me souviens d'un tissu que j'avais choisi pour la jupe, un tissu bleu à pois blancs qui brillait un peu, un tissu soyeux. Un jour où j'avais de l'argent de poche et que j'étais au marché, j'ai trouvé un chapeau paillé dans les tons bleus avec un gros ruban. Il allait si bien avec le reste, mes chaussures bleues, ma jupe soyeuse et plissée et ma veste au col garni de perles brillantes, que je l'ai acheté pour l'occasion de Pâques. Tout sur moi était assorti et je suis entrée dans le soleil.

C'est là que Joseph m'a vue, le commis de ma mère, et qu'il a été ému comme devant une apparition.

Ce n'est pas moi qui ai dit ces mots, c'est Joseph, cinquante ans après. Cinquante ans après, au beau milieu d'un repas de famille, il s'est levé et il a raconté à tout le monde que j'étais si belle, ce jour-là, que son cœur avait explosé. Il a parlé de mon chapeau bleu et de ma jupe plissée, de ma veste élégante garnie de perles.

Il avait tout retenu de cet instant-là.

C'était comme une déclaration d'amour à cinquante ans de distance.

Tout le monde le regardait quand il parlait avec ses beaux yeux bleus mouillés.

Pour ces vêtements j'avais choisi les tissus et imaginé les modèles en regardant des journaux, mais c'est France qui les avait exécutés. J'aimais beaucoup la mode et toucher les tissus, j'étais sensuelle et j'aurais aimé réaliser mes idées mais on m'avait interdit d'approcher la machine à coudre.

Ma mère ne voulait pas.

J'avais donc fait faire ma veste par France et j'étais

ravie du résultat quand les filles du voisin ont demandé le patron à ma mère qui leur a tout de suite distribué mes idées... Je me suis mise dans une rogne épouvantable. A cause de ma mère mon invention était devenue le nouvel uniforme.

L'uniforme... Etre comme tout le monde, ne pas discuter, rentrer dans le moule, c'était ça, hein... On vivait toujours dans l'œil des autres. L'ambiance paysanne je la connais bien, avec ces *tout le monde pareil*, et ces *vous avez vu celle-là ?*

C'est ma mère qui a arrêté mes désirs.

J'aurais voulu être styliste.

Quand j'étais enfant une couturière venait s'installer à la maison pour un jour ou deux et faisait nos blouses et nos robes, tout se fabriquait à cette époque-là, on n'achetait pas du tout fait, et de temps en temps cette dame me demandait de faufiler des vêtements, c'est-à-dire de faire de grands points pour marquer la toile avant l'ourlet. Cette femme ne m'empêchait pas de participer un peu aux travaux de couture, ma mère si. Ma mère avait elle aussi envie de coudre, je la voyais tailler des robes ou des tabliers à grands coups de ciseaux et piquer les morceaux ensemble, mais dès que je m'approchais de la machine elle me repoussait. Cette activité m'était interdite.

Ma mère disait que la Singer était fragile et qu'elle avait coûté cher.

Ma mère disait que la machine à coudre était réservée aux adultes, d'ailleurs elle l'avait mise sous cloche. Dès qu'elle avait fini de coudre, elle enfermait la Singer dans un coffre en bois en tournant une petite clé dorée qui disparaissait très vite dans la poche de son tablier.

La couture, c'était un territoire réservé.

Si j'avais utilisé cette machine, j'aurais pu avoir des vêtements à mon image, mais ma mère ne voulait pas que je sois différente.

Mon père ne marchait pas dans les chemins balisés, et je suis certaine qu'avec un peu de culture ce type aurait été original, il ne voulait pas aller se confesser à Pâques en même temps que tout le monde et je suis persuadée qu'au fond il n'était pas croyant.

Mon père aurait pu être quelqu'un d'autre s'il n'avait pas été confiné dans sa campagne. Il voulait s'exiler au Canada, aller défricher des terres nouvelles, mais comme il était illettré il était enfermé.

C'était pourtant son rêve de partir aux Amériques, il avait un côté aventurier et des idées que les autres n'avaient pas... Un beau matin la fantaisie l'a pris d'acheter un semoir et de créer une sorte d'entreprise : pendant que ma mère continuait de s'occuper de la ferme avec un commis et une servante, mon père allait ensemencer chez les autres...

Une idée a suffi pour qu'il devienne propriétaire de sa petite ferme.

S'il n'avait pas été illettré, je crois qu'il aurait pu donner sa mesure.

J'ai appris qu'il ne savait pas lire quand j'avais dix-huit ans et que j'étudiais la philosophie. Mes parents venaient d'acheter leur ferme et le notaire devait venir pour la signature des papiers – à cette époque on se déplaçait encore chez les clients comme au temps de Molière –, quand ma mère est tombée malade. Quarante de fièvre, il fallait bien ça pour qu'elle ne puisse plus bouger...

Alors elle m'a appelée près du lit autour duquel mon père tournait et m'a dit d'un seul coup : « Va voir le notaire avec ton père parce qu'il ne sait ni lire ni écrire, il sait signer son nom, je le lui ai appris, mais rien d'autre, alors vérifie ce qui est écrit avant que ton père signe » et puis elle s'est retournée sur l'oreiller et s'est endormie.

Moi je suis restée bête, je n'osais plus regarder mon père et le notaire est arrivé avec l'ancien propriétaire de la ferme. Je me suis assise et j'ai lu les papiers à voix haute. Ce n'était pas pour moi que j'avais honte, mais pour mon père que je savais malheureux.

Et pendant que je lisais je repassais dans ma tête toutes ces années où il avait réussi à cacher son secret, ces moments où ma mère lisait le journal à voix haute quand nous étions à table, tous les enfants trouvaient cette habitude naturelle, maman lisait les nouvelles et nous pensions tous que c'était pour nous qui ne savions pas encore lire, ces moments où nous vendions les bêtes au marché et où mon père comptait le prix de la bête en multipliant le tarif et les kilos sans crayon, il mettait son ordinateur en route et donnait la solution tout de suite, sans hésiter, tous ces moments où mon père avait réussi à cacher son infirmité.

Mais ce jour-là il a été obligé de se montrer tel qu'il était et j'ai finalement dû parler à sa place.

C'est comme ça que j'ai appris.

J'ai eu un choc, oui c'est ça, un choc. Après j'ai demandé des explications et j'ai réalisé que mon père n'était pas illettré parce qu'il était bête, loin de là, mais parce que c'était le début de l'école obligatoire et que l'apprentissage n'était pas encore entré dans les mœurs. Quand mon père allait à l'école, il croisait des paysans qui travaillaient dans les champs. Les hommes lui disaient : « Viens voir, viens donc nous aider un peu, Auguste, à ramasser des patates, à sarcler les betteraves ou à planter des choux », j'imagine la scène d'ici, et comme mon père aimait la campagne et qu'il ne comprenait pas l'utilité de l'école, il passait sa journée dans les champs.

C'est comme ça qu'il a oublié d'apprendre, on ne peut pas l'accuser, c'est une question d'époque. Personne n'avait encore réalisé qu'on pouvait sortir de son milieu avec des mots.

Au village on pensait plutôt que l'école, c'était du temps perdu.

Ce jour-là, j'ai lu le texte à voix haute et il a signé. Je venais de découvrir son secret, je le sentais malheureux, mais on n'en a jamais reparlé. J'ai seulement proposé à ma mère – pas à lui, il était trop fier – de lui apprendre à écrire quand je suis devenue institutrice, je connaissais des méthodes d'apprentissage rapide, mais ma mère a répondu qu'elle avait déjà essayé et qu'il n'avait pas voulu, qu'une femme ne lui apprendrait jamais rien, qu'il avait passé l'heure, que c'était trop tard.

Ma mère aurait aimé qu'un homme s'occupe des papiers de la maison mais ce n'était pas possible, et peu à peu mon père lui en a voulu parce qu'elle savait comment s'y prendre et qu'elle dirigeait toutes les opérations importantes. Le handicap de mon père a faussé le fonctionnement du couple. Lui était agressif parce qu'il ne maîtrisait pas les décisions, elle était agacée de devoir s'occuper de ce qui revenait normalement aux hommes. Ils se disputaient donc très souvent.

Au fond, ma mère n'a jamais accepté d'avoir été trompée. Quand elle a épousé mon père il lui écrivait de belles lettres d'amour où elle ne trouvait pas de fautes d'orthographe, elle était donc persuadée qu'elle épousait un homme cultivé, ce qui était son rêve, jusqu'à la découverte un mois après son mariage de l'illettrisme de son mari, une fois qu'il était trop tard pour reculer.

C'était une cousine qui écrivait ces lettres et qui parlait de la beauté de ma mère, c'était une cousine qui avait trouvé les mots pour toucher le cœur d'une jeune femme...

Ma mère m'en a souvent parlé et aussi de sa déception, une des plus fortes de sa vie, elle n'a jamais pu supporter cette tromperie qu'elle a vécue comme une souffrance au long cours, une humiliation.

Je crois que j'ai fait des études à cause de cette déception.

Je crois que j'ai fait des études pour ma mère.

L'exemple de mon père lui avait suffi, elle voulait un rachat et ce fut moi, j'ai été le rachat de ma famille.

Alors, ma mère a été très flattée quand l'instituteur a

dit que j'étais douée. C'est là qu'elle a montré de quoi elle était capable : elle s'est d'abord opposée à mon père qui n'était pas d'accord pour que je fasse des études, il me trouvait bien à la campagne, et elle a ensuite essayé d'obtenir des bourses pour lui fermer définitivement le caquet. Pour les aides ça n'a pas marché, et on a continué d'entendre mon père qui disait : « Ouais, ça coûte cher, quatre vaches par an, et qui te dit qu'il y aura un résultat ? » Pour lui c'était complètement abstrait, les études, il n'imaginait pas du tout ce que ça pourrait me donner, surtout que j'étais la première à partir, il n'y avait pas d'autre exemple au village. Et puis c'était pour lui une aventure étrange, il sentait que je lui échappais déjà et que ce serait pire, après.

Malheureusement je ne suis pas partie au collège à neuf ans et demi bien que j'aie réussi l'examen d'entrée en sixième la première fois. Parce que le curé s'en est mêlé.

Le curé a dit à ma mère : « Il faut qu'Irène fasse sa communion dans le village. »

A cause de cette phrase j'ai été bloquée jusqu'à douze ans et demi à l'école primaire.

A cause de cette phrase on m'a obligée à refaire le même programme pendant trois ans.

Tu ne peux pas savoir ce que je m'ennuyais à l'école... Comme j'avais fini avant tout le monde, je faisais les corrections derrière le tableau, je recouvrais les livres de la bibliothèque et j'épluchais les légumes de la maîtresse dans la cuisine, je connaissais son appartement par cœur à force de tout nettoyer chez elle, je cirais même ses chaussures, j'étais bonne à l'école et bonne à tout faire... La maîtresse ne se plaignait pas de moi sauf quand elle avait du ménage en retard... Quand c'était le cas elle trouvait des prétextes, elle disait que j'étais chahuteuse ou que j'avais trop de sang sous la peau, n'importe quoi pourvu que je me trouve occupée dans son appartement. Ou bien elle me disait : « Tu as déjà fini ton problème ? Montre-moi la solution... », et dès qu'elle avait vérifié elle m'envoyait à sa place écrire la réponse derrière le tableau, même chose avec la dictée, et quand j'avais fini d'écrire pour les autres j'allais peler les carottes, les navets ou les patates...

J'ai perdu trois ans de cette façon et j'ai eu le temps de m'imprégner des lieux : il y avait la classe, un petit couloir et la cuisine auprès de la salle à manger. A l'étage on trouvait la chambre où je montais pour allumer le Mirus à trois heures de l'après-midi, la maîtresse ne voulait pas avoir froid quand elle corrigeait les cahiers le soir...

J'ai perdu trois ans comme ça.

A cause du curé.

Et pourtant je n'ai jamais pris la religion au sérieux, pour moi le rituel était un jeu imposé. J'ai fait ma communion comme un fantôme. J'avais déjà ma taille adulte, et comme je devais remettre la robe de ma sœur on voyait mes genoux, vision carrément indécente pour entrer dans une église bondée avec des airs de sainte-nitouche...

Mes parents ont eu du mal à régler ce problème, parce qu'il fallait montrer que la famille avait les moyens sans gaspiller inutilement l'argent en achetant une robe neuve… C'est ma mère qui a trouvé la solution : elle a décidé de tricher avec un jupon qui dépassait lamentablement de la robe et je me suis sentie encore plus ridicule, vêtue de blanc comme une fausse mariée enveloppée dans le tulle et les voiles…

En plus, pour saluer mes exploits au catéchisme, j'avais le grand honneur de porter un cierge en tête de la procession. Ma mère avait mis trois kilos, mon parrain deux, la voisine deux et le curé deux. Neuf kilos de cire à porter à bout de bras sur la route qui menait à l'église, voilà ce que j'ai eu comme récompense pour avoir fait démonstration de mon érudition en matière d'histoire sainte et pour avoir appartenu à la famille des presque riches du Mesnil-Tôve…

Résultat, je promenais un cierge décoré de rubans grotesques, si lourd que je n'ai pas pu tenir mon rôle jusqu'au bout… Je n'ai pas réussi à porter ma reconnaissance jusqu'à l'église, mon parrain a été obligé de prendre le relais devant le cimetière. Tu imagines la déception de ma mère qui avait tout de même investi le prix d'un jupon, et celle du curé qui avait dit à qui voulait l'entendre que j'étais un élément intéressant de la paroisse…

Mais arrivée à l'église, on m'avait réservé d'autres plaisirs : comme on disait que j'avais une bonne mémoire j'ai dû réciter devant tout le monde un acte de contrition d'au moins deux pages…

Tu ne peux pas savoir à quel point j'ai eu le trac, l'église était remplie à craquer pour la cérémonie et on m'a placée devant une statue de saint auquel je devais faire mine de parler, juchée sur mes ergots au bout d'un banc alors que tout le monde était assis, il y en avait partout dans l'église, des gens, même sur le banc où j'étais montée, à tel point que j'étais inquiète de la longueur de mon jupon et que c'est à ça que je pensais en récitant ma litanie...

A l'heure où je te parle j'ai oublié le nom de mon saint, c'est dire, à peine la comédie finie j'ai tout évacué pour ne pas me sentir ridicule plus longtemps... Pour moi l'église était barbare et le décorum ridicule parce que rien n'avait de sens.

Mais, le jour de ma communion, j'ai été obligée de faire les singeries de rigueur, je suis montée sur le banc devant tout le monde sans mon cierge qui pesait trop lourd et qu'un homme hissait péniblement pendant que je récitais sans comprendre, je me suis appliquée devant cette communauté d'êtres pieux et charitables parce que je savais que tout le monde attendait la faute et qu'on restait suspendu à mes lèvres des fois que j'aurais hésité ou chuté, comme au théâtre où l'on vient parfois pour assister aux éventuelles défaillances des acteurs...

Moi je me sentais comme une marionnette à qui on ne demandait ni réflexion ni foi mais obéissance aux adultes, ces tireurs de ficelles... Et pour avoir la paix je faisais ci et après ça, et puis encore ci et ça, pour ne pas gâcher le plaisir de leur mascarade...

Comme tu le vois, je ne me sentais pas du tout concernée par les choses de l'Eglise, j'avais trop conscience des situations... Communion ridicule, messes du dimanche ridicules... Les ouailles venaient observer leur prochain et les langues se mettaient à claquer... Le plus important c'était d'être bien habillé ou on se faisait critiquer. « Ah, elle est mal mise celle-là, elle a même pas les moyens de se faire belle pour Jésus », parce que la foi ça devait se voir, question d'apparat... Au moins, là-dessus, on n'a jamais eu à se plaindre, on a toujours été bien arrangés par ma mère qui voulait effacer le souvenir de Poussin de Haie et qui renouvelait toujours notre toilette à Pâques (tout le monde devait renaître avec le Christ en se mettant propre pour la messe ce jour-là), c'était encore un exercice imposé par le village dont on se tirait convenablement.

Je sentais que la religion était une oppression de plus, c'était « tu obéis, tu ne discutes pas », et je souffrais déjà de la bêtise dans mon ventre, du monde des adultes surtout.

Je regardais les grands et je pensais : Heureusement que je fais des études, il y a peut-être quelque chose après la campagne ; chacun sa religion, et si je n'avais pas eu foi dans l'inconnu je me serais sans doute suicidée.

J'ai toujours compris qu'on puisse se tuer dans les campagnes.

Je sais que beaucoup l'ont fait dans le sud de la Manche, je lis des articles dans les journaux, c'est une région propice au drame à cause des contraintes et du qu'en-dira-t-on, la pression est forte, si forte que, si j'étais restée à la campagne, je ne l'aurais pas supporté.

Je n'aurais pas vécu.

Heureusement que j'ai trouvé la porte de sortie.

Les études et les livres, mes sauveurs.

J'imaginais un autre monde au travers de mes instituteurs. Je me souviens de Mademoiselle Poupinet, ma première maîtresse, comme d'une révélation. C'était un modèle d'ouverture, un monde d'intelligence.

Et pourtant l'école c'était encore la contrainte, j'étais tout le temps punie. Si tu savais le nombre de lignes que j'ai copiées, tu n'en reviendrais pas... Parfois je me dis que ces lignes m'ont conduite jusqu'au métier d'institutrice à force de pleins et de déliés.

En fait, à l'origine, je n'étais pas du tout soumise. C'est triste quand tu nais avec un esprit de liberté et que tu te cognes partout à des systèmes... Tu ne peux jamais donner ton avis.

Si je n'étais pas partie j'aurais craqué.

Je comprends mon frère qui a eu des moments difficiles et qui a déjà disparu dans les champs le fusil à l'épaule avec des envies de suicide, lui n'est jamais sorti du village.

Obéir, obéir, se taire.

Les enfants n'avaient pas le droit de parler. A table, mon père avait un gros bâton qu'il appelait un scion. Il le posait sur la rallonge derrière le pain et le grand couteau. Si jamais on émettait un son il prenait le scion et disait : « On ne t'a pas demandé ton avis », il ne tapait même pas, ce n'était pas la peine, dès qu'il faisait semblant on se taisait. Un enfant n'avait pas le droit de s'exprimer, il devait seulement obéir.

Aujourd'hui on discute.

On n'imagine plus, aujourd'hui.

Je n'ai eu aucun droit à la créativité.

Petite, j'aimais la poésie et je sentais que j'aurais pu écrire, j'avais des mots qui me venaient dans la bouche mais il ne fallait rien en dire, c'était déplacé. Je ne pouvais pas me laisser aller et personne n'essayait de savoir qui j'étais pour éveiller en moi des possibles.

Ce n'était pas l'époque. Pas l'époque de la différence. J'en souffrais vraiment, j'avais en moi un instinct de liberté. Ce vent-là venait sûrement de ma grand-mère. Je pense que ce vent venait de là. Jamais personne n'a prononcé le prénom de ma grand-mère devant moi quand j'étais enfant, je le cherchais bien mais on n'a pas voulu me répondre quand je posais des questions.

Elle s'appelait Rose, ma grand-mère.

Quand j'étais petite on me racontait que c'était une dépravée, mais plus on la critiquait et plus je la trouvais intéressante, cette femme qui avait éprouvé le désir de partir, d'essayer une autre vie. De la marraine de ma mère, celle qui était partie en Amérique, on n'a jamais entendu parler non plus, car ma mère ne disait rien de sa jeunesse sinon pour nous faire peur. A la place, elle nous éduquait dans l'optique de la ligne droite et de la rigueur.

Ma mère faisait souvent la liste des péchés mortels. Sur la première ligne venait le fait d'avoir un enfant naturel, ce qui supposait d'éviter les relations avec les hommes ou, si on en rencontrait, de ne pas se laisser aller.

Sur ce point-là comme sur tant d'autres, le curé était d'accord avec ma mère. Mon départ au lycée a déclenché une histoire de village, on avait d'abord pensé m'envoyer à quelques kilomètres de la maison, à Avranches, mais l'établissement était mixte et le curé est encore intervenu, il a marmonné que c'était un lieu de perdition en levant les yeux si haut vers le ciel que ma mère a acquiescé, elle avait compris, surtout quand il a précisé que la famille ne devait pas recommencer à donner le mauvais exemple...

C'est ça le pardon chrétien.

C'est donc à cause du curé que je suis allée à Rennes, dans un lycée de jeunes filles d'où je ne sortais qu'à Noël, à Pâques et aux grandes vacances. Quand je suis arrivée en sixième j'étais une vieille évidemment, les autres n'avaient pas eu de problème de communion à régler, une vieille qui patoisait. Je parlais le langage du village et les filles se sont un peu moquées de moi. Je suis alors devenue bilingue : à Rennes je parlais le français de tout le monde, mais quand je rentrais chez moi après de longues semaines d'absence je me répétais : Oublie le lycée et patoise, parce que si je parlais correctement on me répondait : « Arrête de faire ta fière »...

J'ai mal parlé pour continuer d'appartenir au groupe, à la famille, au village. Se distinguer c'était prendre des coups, et j'en avais assez reçu. Alors je disais *té*, *mé*, au lieu de toi, moi, la *poère* pour la poire, *amont la carre* s'il fallait poser la fourche le long du mur, le *courtil* pour le jardin. A Rennes c'était l'inverse, il ne fallait pas se tromper. Pour moi le langage devenait un souci, je devais m'adapter aux autres dès que je parlais.

Le mal était déjà fait, j'étais différente. Mes parents le supportaient mal, je leur échappais. A force d'études j'étais devenue une étrangère et ils me jetaient des regards inquiets comme s'ils avaient aperçu un chardon au milieu du blé et moi j'avais de la peine à vivre, je ne voulais pas attrister les autres mais c'était plus fort que moi, petit à petit je m'échappais, je n'étais plus avec eux et ailleurs je n'y étais pas encore même si j'espérais le trouver, l'ailleurs, et que pour rien au monde je ne serais restée là où j'étais née mais quand même, c'était difficile d'être toujours seule.

Pour ne pas m'isoler davantage je faisais la liste des conversations possibles à la ferme mais elle n'était pas longue. De l'autre côté je ne pouvais attendre aucune question sur ma vie au lycée, pour mes parents c'était l'étranger, ils s'intéressaient seulement à mon bulletin de notes qu'ils apportaient chez l'institutrice pour savoir si ça allait ou pas, on ne me demandait jamais si j'avais des devoirs à faire, si c'était fatigant d'étudier ou toutes ces choses qui m'auraient prouvé que même absente je continuais d'exister, j'avais quitté ce monde et personne n'avait le souci de comprendre ma nouvelle vie, c'était à moi de me conformer quand je rentrais. Mais comme les coupures étaient longues, j'oubliais ce que j'étais autorisée à dire et le temps de me remettre dans le contexte, je devais repartir.

A part l'été où je restais deux mois dans la maison à faire la bonne de ferme.

A part l'été où je devais payer mes études en travaillant comme un commis.

« Pas de favoritisme », disait mon père pendant que ma mère continuait de se taire, ne sachant plus par où commencer. Ma mère m'avait mise dans un nouveau monde en pensant que ce serait mieux pour moi, mais une fois la chose faite elle n'a plus su comment me parler.

Malgré ces petits tourments, j'ai tout de suite pensé que le lycée était une libération. Une libération physique d'abord. N'avoir que des études à suivre, c'était comme vivre d'éternelles vacances... Si j'étais rentrée chez moi, la ferme m'aurait attendue le soir. A Rennes, au moins, j'étais en dehors de tout et c'est là que j'ai découvert la littérature et les langues vraiment étrangères...

Pour moi, c'était un cadeau d'apprendre... Quand je suis arrivée en sixième personne ne m'a orientée. Le premier soir, j'étais dans une salle d'étude quand un pion est passé pour demander : « Qui veut s'inscrire au latin ? » et j'ai tout de suite levé la main, « Qui veut jouer du piano ? » et j'ai encore levé la main, je voulais tout essayer. Le piano j'aimais ça, je m'entraînais dans une mansarde loin des habitudes, mais au bout d'un mois et demi le professeur m'a donné une facture... Je m'étais inscrite à un cours privé sans le savoir...

Quand ma mère est venue me rendre visite à Rennes j'étais affolée et j'avais tellement honte que j'ai dit à toute vitesse : « Je me suis inscrite au piano sans savoir que c'était payant, il faut que tu règles la facture », et ma mère a répondu : « Ça va pas la tête, tu nous coûtes assez cher, déjà qu'on n'a pas de bourse avec la vache de trop, ça suffit comme ça, tu arrêtes le piano. » Donc stop. J'ai réglé la facture et j'ai arrêté le piano, c'est tout. Voilà.

Par contre, j'aimais beaucoup le sport et le sport c'était gratuit. Je me suis inscrite au club de basket et de volley et tous les jeudis on sortait, on prenait le train jusqu'à Châteaubriant, et c'est ce qui m'a aidée à supporter la pension. On voulait même que je sois championne en saut mais je me suis fait virer de la pension avant.

Quand j'étais en quatrième j'ai réussi à me faire exclure du lycée. Pourquoi ? Pour des bricoles, ou plutôt pour une addition de bricoles.

Comme je te l'ai déjà dit je n'étais pas disciplinée, les interdits j'avais envie de les braver tout le temps, alors je me faisais forcément punir, priver de ceci ou cela, de cinéma ou de sortie. Remarque, les sorties ne me manquaient pas vraiment : on faisait des promenades avec chapeau cloche et jupe bleu marine le dimanche, encore l'uniforme, le matin c'était la messe, ma mère m'y avait inscrite et j'étais obligée d'y aller, le midi réfectoire et l'après-midi promenade, il fallait s'oxygéner comme on disait, alors on partait en rang par deux avec nos manteaux bleu marine et nos chapeaux cloche, je détestais ça et je tournais les obligations en dérision.

C'est ce qui m'a perdue.

Par exemple, un jour où il pleuvait au bord de la Vilaine, j'ai pris mon chapeau cloche et je l'ai rempli d'eau, nous étions déjà trempées de toute façon, et je me le suis renversé sur la tête, je dégoulinais et je faisais rire tout le monde, un peu de fantaisie ça ne fait pas de mal, mais le feutre a déteint sur mon visage en faisant de jolis dessins qui ressemblaient à des routes.

Pour les surveillantes du lycée, c'était la goutte de trop.

Quand j'ai quitté le lycée de Rennes je l'ai regardé longtemps pour ne jamais l'oublier. C'était une vieille bâtisse qui avait dû être religieuse puisque j'avais remarqué une croix sur le portail dès mon arrivée et que j'avais trouvé une chapelle au fond du parc, un jour où j'avais échappé à la concierge qui nous surveillait du haut de la côte. Les pensionnaires montaient le soir dans les dortoirs qui donnaient sur le Thabor.

Par les fenêtres du lycée j'ai vu le monde pour la première fois. J'ai vu des gens vivre, j'ai vu des amoureux enlacés sur des bancs publics, j'ai vu des enfants bouger alors que j'étais enfermée.

C'était comme une scène, ce jardin.

Quand on m'a renvoyée du lycée de Rennes j'ai vécu l'humiliation. Mes parents m'ont traînée chez mon institutrice de CM2, Madame Garnier, et dans la cuisine ils ont examiné mon cas en me demandant de me taire. Qu'est-ce que j'aurais pu faire d'autre, d'abord ? Là, mon père a dit que c'était terminé, les études, et qu'il n'avait jamais cru à ma réussite d'ailleurs. Il avait l'air ravi de ce drame et je sentais qu'il me voyait déjà paysanne, mais Madame Garnier a secoué la tête en disant : « Non non, il faut qu'elle continue, Irène », et ma mère a baissé le nez.

J'ai été exclue du lycée quinze jours avant les vacances de Pâques, ma première punition a consisté à rester un mois d'affilée à la maison.

C'était long et très froid, il gelait au mois de mars cette année-là, et on m'a remise aux travaux de la ferme comme s'il fallait que je boive l'humiliation jusqu'à la dernière goutte. J'allais soigner les cochons à six heures du matin et mes mains se couvraient d'engelures et de crevasses à cause du froid. J'avais honte de mes mains mais cette honte était le prix à payer pour ma faute. A l'heure du déjeuner mon père répétait que je ne retournerais pas au lycée. J'entendais ce refrain tout au long du repas jusqu'à l'heure du café. Là, ma mère me chuchotait en cachette qu'elle voulait bien que je reprenne les études mais qu'il fallait demander l'autorisation à mon père. Alors le soir, au moment du baiser puisqu'il fallait tous les matins et tous les soirs embrasser le père et la mère, c'était un devoir, j'allais voir mon père quand il était couché dans son lit comme le Roi-Soleil, et je le suppliais : « Papa, s'il te plaît, est-ce que je peux retourner au lycée ? »

Invariablement il répondait : « Nan, t'avais pas besoin de te faire renvoyer, nan, tu retourneras pas au lycée... »

Ma mère m'attendait devant l'évier de la cuisine et me demandait ce qu'il avait répondu. Quand je secouais la tête en pleurant, elle disait : « Bon, c'est pas très grave, tu recommenceras dans deux ou trois jours. »

Deux ou trois jours après, je devais revivre l'humiliation. Devant le lit où mon père était couché je répétais : « Papa, est-ce que je peux retourner au lycée ? » et lui rétorquait encore : « Nan, t'avais pas besoin de te faire renvoyer, nan, tu retourneras pas au lycée... »

Alors je rejoignais ma mère devant l'évier de la cuisine et elle me disait : « Ne t'inquiète pas, avec lui il faut toujours demander trois fois pour entendre un oui », elle avait l'habitude, quand elle voulait se rendre à des fêtes c'était comme ça et s'il disait non une troisième fois elle y allait quand même.

Elle avait raison, ma mère. La troisième fois, il a dit oui. Il a fini par dire oui. Mais l'envie de l'école avait passé avec les humiliations, la scène de tribunal chez l'institutrice puis le baiser du soir au père, les travaux difficiles sans compter les visites de la famille...

Dès qu'un oncle, une tante ou un cousin passaient à la maison, ils demandaient : « Qu'est-ce qu'elle fait là, Irène, elle n'est pas à Rennes ? » Et c'était reparti pour les litanies, les *c'est bien fini*, les *j'l'avais ben dit...*

Mais à la fin j'ai gagné. On m'a inscrite à Avranches, dans le lycée mixte.

J'ai mal vécu d'avoir été chassée de Rennes. Finalement je n'ai jamais compris pourquoi on m'en avait tant voulu alors que je n'avais fait que de petites bêtises, et c'est à cause de ce sentiment d'injustice que je ne sais toujours pas nager. Je venais de découvrir la natation quand j'ai été renvoyée du lycée, j'ai donc connu une rupture dans la chaîne de l'apprentissage, une rupture violente. Après, c'était comme si l'eau m'était interdite, je me sentais vide dès que j'entrais dans une piscine. J'ai appris la peur de l'eau, j'ai payé la faute.

Et puis j'ai connu la honte.

Quand je suis arrivée à Avranches, j'ai eu l'impression que ma vie était écrite sur mes mains. Je les ai cachées parce que je pensais que tout le monde allait savoir que je trayais les vaches et que je soignais les cochons, et qu'on m'avait punie en me mettant aux travaux de la ferme.

Enfin, tout cela n'est pas très grave. J'ai été bien accueillie.

Monsieur Jeanne, le directeur, était professeur de latin. C'était un type extraordinaire. Après sa retraite il a continué de travailler pour l'Unesco, c'est dire. Quand mes parents sont venus m'inscrire il a fallu dire d'où je revenais pour qu'on m'accepte telle que j'étais, mais à ma grande surprise Monsieur Jeanne a tout de suite compris ce que je vivais, ce dilemme profond quand on habite entre deux mondes. Il m'a souri et il a rassuré mes parents qui en rajoutaient à propos de mon sale caractère et de mes bêtises à Rennes en rétorquant : « Ce sont des choses qui arrivent à des gens très bien. » Je croyais rêver.

Alors j'ai bien regardé ces grands yeux bleus et cette tête de crapaud trouée d'une grande bouche en pensant qu'elle resterait gravée dans ma mémoire, on décide de ces choses-là. « De toute façon je vais m'occuper d'elle, a-t-il ajouté, elle sera dans la même classe que ma fille puisqu'elle entre en quatrième, ne vous inquiétez pas. »

Il m'a gardée malgré mon dossier et je suis effectivement devenue copine avec sa fille. Mais ça s'est fait comme ça, je l'aimais vraiment bien, sa fille. De temps en temps j'allais jouer chez le patron. Comme j'étais pensionnaire et que Monsieur Jeanne savait que ça me pesait, d'être enfermée à longueur de journée, de mois et d'année, il me demandait parfois d'aller acheter son journal en bas de la rue de la Constitution, tout cela pour que je prenne l'air, que je fasse un petit tour dans la ville. Il sentait très bien mes limites. Quand il a pris sa retraite, il a même mis au parfum son remplaçant qui m'a proposé un poste de pionne-élève en classe de philosophie. C'est ainsi que mes parents ont été obligés de se taire, les études ne leur coûtaient plus rien, je n'étais plus corvéable à merci. A partir de ce moment je n'ai plus répété à mon père que je lui rembourserais l'argent de mes études quand je serais grande, je n'ai plus répondu avec insolence quand on comparait le prix d'une année de pension à celui d'une vache, ce n'était plus la peine puisque j'étais libre depuis que je gagnais de l'argent.

On se demande comment on peut réussir des études dans des conditions pareilles. Il n'aurait pas fallu échouer. J'imagine d'ici la tête de mes parents si c'était arrivé, ils auraient tordu la bouche comme si tout leur pécule disparaissait d'un coup sous leurs yeux.

L'échec était impossible, la réussite aussi.

Jamais on ne m'a félicitée quand j'ai été reçue à un examen.

Quand j'ai eu mon Bepc j'ai été rassurée et j'ai dit quelque chose comme : « Ah, je suis vraiment contente », mais ma mère a répondu : « Ben oui, c'est normal, y a pas de quoi en faire un plat » et elle a rajouté : « On va aller en pèlerinage parce que j'ai fait un vœu, j'ai promis à sainte Thérèse que si tu étais reçue au brevet je t'emmènerais à Lisieux »... Voilà ce que j'ai eu comme récompense pour mon Bepc, une punition ! J'étais folle et ce jour-là j'ai encore eu mal à la tête toute la journée.

Tu vois, ma mère c'était ça, la religion, la religion, et le Bepc c'était grâce à elle puisqu'elle avait demandé l'aide de sainte Thérèse et que ça avait marché. J'ai donc été condamnée à un pèlerinage à Lisieux avec les gens du village à qui je n'avais plus rien à dire, déjà qu'avec mes parents c'était difficile de communiquer, alors avec eux, et nous avons passé l'essentiel de la journée dans un autocar après avoir pédalé trois kilomètres le matin et mis nos vélos à l'abri dans la cour du boucher, une vraie corvée...

Au bout de quelques heures de route silencieuse, j'ai aperçu la masse gélatineuse de la basilique, on m'a poussée hors de l'autocar jusque dans la pénombre de la nef et j'ai dû déposer un cierge sur un amas de cire pour remercier la sainte d'avoir réussi à écrire le jour de mon examen, et puis on est rentrés.

Certains finissaient à pied, d'autres à bicyclette et il faisait vraiment noir, ce n'est pas ma faute si je suis rentrée dans le cul d'une vieille bonne femme avec mon vélo ! Je me souviens de l'engueulade de ma mère pendant que la petite vieille hurlait que je l'avais à moitié écrasée, mais moi je pensais que la route n'était pas encore éclairée par les lumières de Lisieux et que je ne pouvais rien faire avec ce vélo tout de guingois, c'est vrai quoi, et je riais sous cape en pensant que je l'avais bel et bien enfourchée, la bonne femme...

On vivait vraiment dans des mondes séparés. J'étais complètement étrangère à ce milieu-là.

Même scénario ou à peu près quand j'ai soi-disant été collée au bac... En fait j'ai été quelques jours la victime d'une erreur : une des secrétaires a mal recopié ma note de philosophie, toujours est-il qu'on a lu quatre sur vingt alors que j'avais quatorze sur vingt, et tu ne peux pas imaginer ce que j'ai entendu... C'était la catastrophe. « Oui... je te l'avais bien dit, qu'elle ne réussirait pas ses études... », ça c'était mon père et j'ai pu apprécier à quel point il m'avait programmée à l'échec, « je pouvais pas deviner que ça ne marcherait pas tout droit, et même le curé et l'institutrice y ont cru », ça c'était ma mère et j'ai eu le loisir d'apprendre en qui elle avait placé sa confiance.

On m'a envoyé de la culpabilité à tour de bras.

Alors je suis partie.

C'était vraiment trop.

Je suis allée me réfugier chez ma sœur. Ça n'était pas tellement mieux mais au moins Adèle ne parlait pas tout le temps de mes études.

Quand mon professeur de philosophie a découvert l'erreur et m'a certifié que je n'étais pas collée au bac (j'avais bien quatorze sur vingt mais on avait lu quatre), il a prévenu mes parents. J'étais donc chez ma sœur mais figure-toi que personne ne s'est déplacé pour me prévenir. Comme le téléphone n'était pas encore répandu, le professeur avait joint le docteur Lemonnier qui avait joyeusement annoncé la nouvelle à mes parents : « Irène a été victime d'une erreur, elle est reçue à l'écrit du bac »... Il était vraiment content, le docteur Lemonnier. Quand il a fini par demander où j'étais, on lui a dit « chez sa sœur », si bien qu'il a répondu : « Faut y aller tout de suite, elle est reçue à l'écrit donc elle doit se présenter à l'oral demain à Caen », mais les parents ont rétorqué : « On n'a pas le temps, on est en pleine fenaison et avec cet orage qui menace... »

C'est le docteur qui a pris sa voiture pour me ramener chez moi. Quand il m'a vue il a pris mes épaules et a dit à toute vitesse : « Tes parents sont fous, ils n'ont pas compris, tu es reçue au bac mais ils n'ont pas le temps de venir te chercher. » C'est avec ces mots-là que j'ai appris ma réussite. Puis le docteur a rajouté : « Et maintenant rentre vite et mets-toi au travail pour l'oral. »

Je révisais un peu mes cours quand ma mère est rentrée des champs. Elle m'a regardée et m'a dit : « Arrête un peu tes révisions et fais la soupe, je n'ai pas le temps à cause des foins. »

Il ne fallait pas discuter, j'ai fermé mes bouquins.

J'ai fait la soupe et j'ai mis la table.

Le lendemain, je devais prendre le car de Mortain à Caen, la ligne était directe, et maman me dit : « On n'aura pas le temps d'aller te conduire à la gare routière, on est en plein boulot, tu prendras ton vélo et tu iras à Mortain toute seule. » C'était à quinze kilomètres. Aucune discussion n'était possible, je ne pouvais pas dire à mes parents qu'ils ne comprenaient rien. J'ai pris mon vélo de très bonne heure, posé mes affaires sur le porte-bagages, pédalé jusqu'à Mortain, révisé mes cours dans l'autocar et suis arrivée à la gare routière de Caen. Je ne connaissais pas encore cette ville mais il fallait que je trouve l'université, « débrouille-toi toute seule », mais lorsque tu as été longtemps pensionnaire tu n'as pas pris l'habitude de te repérer, tu as été tenue en dehors de la vraie vie et après sept ans de ce régime tu es complètement perdue, un peu comme si tu sortais de prison, tout est un problème parce que tu n'es pas habituée à résoudre la ville, alors j'ai un peu paniqué avant de trouver mon chemin.

Une fois la chose faite j'ai passé mon épreuve comme j'ai pu et le professeur m'a dit : « Vous viendrez pour les autres matières demain. » J'ai aussitôt traduit : Trouve un hôtel, ma belle... et je suis redescendue en ville, place de la République. Là j'ai fini par trouver une petite chambre. Chaque fois que j'aperçois cet hôtel je pense à ce moment, je me revois toute seule au premier étage en train de réviser jusqu'à deux heures du matin.

Le lendemain soir j'apprenais que j'étais reçue au baccalauréat à quelques points de la mention assez bien.

J'ai donc refait le chemin en sens inverse de Caen au Mesnil-Tôve, et j'imaginais dans l'autocar la façon dont j'annoncerais la nouvelle en me figurant la scène de joie que je ne manquerais pas de déclencher. A peine arrivée en haut de la côte, je jette mon vélo sur la haie de ronces et je cours dans la cuisine, je claironne le résultat et puis j'attends. On me répond froidement : « C'est normal, pas de quoi en faire un plat, manquerait plus que tu sois collée par-dessus le marché. »

C'est pour te dire.

C'est pour te dire à quel point mes parents étaient aériens...

De toute façon, quand j'étais en classe de philosophie et que j'avais des dissertations à rendre pour le lundi, ma mère me disait : « Tu as vu le tas de linge à repasser ? Repasse-le cet après-midi. » Le samedi c'était les vaches et le ménage, le dimanche le ménage et les vaches.

Quand je rentrais au lycée le dimanche soir je n'avais pas ouvert mon cartable, alors je travaillais la nuit, assise sur la cuvette des toilettes. Comme d'autres filles de paysan, j'attendais que la lumière de la pionne s'éteigne. Je me relevais vers neuf heures et demie, j'allais avec mon baluchon m'asseoir pour de longues heures sur mon promontoire et je réfléchissais. C'était difficile d'écrire, mais assise sur un trou la métaphysique n'avait plus de secrets pour moi.

A partir du moment où tu fais des études tu échappes à ton milieu et ton milieu t'en veut alors tu n'es pas bien non plus, tu évites de faire de la peine, tu caches ce que tu apprends pour ne pas montrer que toi, tu as évolué. Les études je les volais. Je n'avais pas à en parler.

De quoi pouvait-on parler, d'ailleurs ? Je posais à ma mère des questions sur sa vie, elle répondait quelques mots, parfois. Elle s'est mise à parler davantage quand on a été proches de l'adolescence, ma sœur et moi. C'est là que ma mère a parlé de sa mère et de ces femmes de mauvaise vie qui tombent enceintes en dehors des sacrements de l'Eglise. Ma mère avait une image négative de sa mère, elle ne percevait pas du tout le côté féministe de son échappée à Paris, elle ne voyait que la faute. Ma mère disait : « Je suis Poussin de Haie, j'ai payé le prix, alors ne ramenez plus la faute à la maison. » La première chose qu'elle m'ait dite quand j'ai eu mes règles c'est que le sang amenait le danger, qu'un enfant pouvait débarquer sans prévenir à partir du moment où il coulait.

On a eu une éducation extrêmement puritaine à cause de ma grand-mère. Je ne l'ai jamais connue mais c'était comme si je la comprenais. Elle aussi était seule, quand elle a voulu conduire sa vie et respirer.

Faut dire qu'on l'avait jetée dehors comme si elle puait la honte.

Ma mère a été hantée par cette histoire. Quand elle a eu des filles à son tour, l'angoisse a monté. Le pire c'est qu'on peut comprendre, elle avait peur que tout recommence et que sa vie n'ait servi à rien. Parce qu'elle a vécu pour effacer les traces de la honte laissées par sa mère.

Il faut dire que c'était son seul héritage.

Nous on a vécu la suite. Le contre-pied, le silence, les bonnes manières. Ce n'est pas facile d'être le fruit d'une grand-mère soi-disant dépravée et l'enfant d'une mère qui en a terriblement souffert et qui te fait payer l'addition. Adèle aussi a payé, c'est pour cette raison qu'elle s'est mariée à dix-huit ans sans doute, elle ne pouvait rien faire et la seule façon d'échapper à l'autorité familiale c'était le mariage, à partir du moment où tu étais mariée tu avais enfin la paix.

Pour moi, c'est au moment du bac que la liberté a commencé.

J'ai été pionne-élève les deux dernières années du lycée, et à ma grande surprise j'ai reçu des congés payés à la veille des vacances. Avec cet argent je me suis acheté une Vespa.

Pendant l'année j'ai suivi un stage de formation pour devenir monitrice de colonies de vacances, une bonne façon de sortir de mon trou de campagne l'été. Au Creps d'Houlgate deux animateurs m'ont prise en amitié et m'ont invitée à travailler. Le premier m'a dit : « Je pars cet été sur l'île d'Oléron, est-ce que tu veux venir avec moi ? » et j'ai répondu : « D'accord, ça me plaît beaucoup », et le second qui s'appelait Cambeloque a ajouté : « Moi je fais une colonie à Gstaad, en Suisse, au mois d'août et j'ai bien envie de t'emmener aussi » et j'ai répondu : « Ah super ! Je suis très contente de découvrir la Suisse. »

Comme tu le vois, ce stage m'a fait miroiter des chances nouvelles.

J'ai acheté une Vespa avec l'argent que j'avais gagné et un petit emprunt pour partir travailler en colonie de vacances. J'avais appris à conduire la veille de mon départ en un quart d'heure avec le mécano de Reffuveille qui m'a laissée partir en me voyant me débrouiller correctement, mais il y avait une grande côte à passer pour quitter le Mesnil-Tôve et quand j'ai posé ma valise sur le porte-bagages et que j'ai voulu monter jusqu'à Juvigny, mon scooter a calé. Je ne comprenais rien, je ne savais pas encore qu'il fallait rétrograder les vitesses en fonction du terrain, mais j'ai décidé de repartir en première et ça a marché, alors je me suis dit : Faut pas vouloir aller si vite, ma petite... J'ai appris à conduire par déduction.

J'avais enfourché mon scooter pour me rendre sur l'île d'Oléron et j'ai dû traverser la ville de Rennes sans connaître le code de la route. Les gendarmes m'ont sifflée pour m'arrêter : « Eh là, vous ! Vous roulez en sens interdit... » et j'ai répondu calmement : « Ah bon, où est le panneau ? » C'est comme ça que j'ai appris, faut pas être borné, quand même, mais je dois reconnaître qu'il me manquait vraiment des informations.

Je n'avais pas non plus de carte de France pour savoir par quelles villes je devais passer mais j'étais partie. J'ai traversé Rennes et Nantes avec mon scooter, il y avait de la circulation puisque c'étaient déjà des villes, il fallait avoir une bonne dose d'inconscience. Et puis dans les Charentes je suis arrivée au bout d'une route qui se finissait. Je suis descendue de mon scooter et j'ai attendu devant la rivière qui m'empêchait de continuer en cherchant la solution. C'est là que j'ai vu un bac. Je découvrais tout ça. Qu'un bac faisait traverser les rivières.

J'ai fini par trouver mon chemin mais je suis arrivée en retard le premier jour de la colonie. Je savais qu'il fallait prendre un bateau pour accoster sur une île mais j'ignorais qu'il n'y avait pas de traversée le soir, si bien qu'arrivée au port un pêcheur m'a dit : « C'est fini, mademoiselle, il faudra attendre demain matin pour Oléron... »

J'étais embêtée car j'étais attendue le soir mais il fallait s'y faire, et devant ma mine déconfite le bonhomme a rajouté : « Vous n'avez qu'à coucher à l'hôtel et comme je suis pêcheur je vous ferai traverser demain matin à six heures et demie, comme ça vous n'aurez pas de problème. » C'était gentil. Le lendemain le pêcheur a monté mon scooter sur son bateau et m'a emmenée comme prévu.

Un voyage épique.

Mais j'avais senti le vent de la liberté à voyager toute seule en demandant ma route aux passants. Pour moi, c'était autre chose que le travail à la ferme, je voyais le monde pour la première fois.

Je n'étais jamais allée si loin.

La colonie s'est très bien passée, je n'étais pas à la ferme et j'ai senti que j'aimais les enfants, je savais les faire parler. Après l'île d'Oléron j'ai repris ma Vespa pour rentrer à la maison et je l'ai laissée dans une grange puisque je devais prendre le train pour Gstaad à Paris. Ma mère s'en est servie tout l'été.

Je n'avais pas le droit d'avoir un objet personnel et pour moi c'était une totale absence de respect à mon encontre. D'autant plus que je connaissais la chanson : on m'avait offert une bicyclette pour mon brevet mais j'ai vite compris qu'elle appartenait à la communauté, et quand je suis rentrée du lycée pour les vacances de Noël elle était déjà toute déglinguée. Dès qu'on me donnait quelque chose j'essayais de ne pas m'y attacher puisque je savais qu'au bout du compte l'objet reviendrait à la collectivité. Toi ou les autres, quelle différence ?

Je me souviens d'une anecdote amusante à ce sujet : quand François a dormi pour la première fois chez mes parents il avait emporté des vêtements et une trousse de toilette. Il s'est vite rendu compte que sa brosse à dents s'usait de façon anormale, et que mes parents devaient s'en servir puisqu'ils la laissaient tout ébouriffée sur l'évier de la salle de bain... Même chose pour une paire de chaussures qu'il avait oubliée, il l'a bien récupérée quelques semaines plus tard mais complètement déformée...

Les habitudes les plus quotidiennes se transmettent de mère en fille sans qu'on y prenne garde. Je me rends aujourd'hui compte que les manies que je croyais les miennes ont appartenu à d'autres avant moi. La brosse à dents par exemple : ma mère en achetait une pour toute la famille qui devait durer toute l'année. On se frottait les gencives avec du plastique à la fin. Eh bien, aussi bizarre que ça puisse paraître, j'ai reproduit la même chose alors que j'enseignais l'hygiène aux filles du certificat de fin d'études. Pour les chaussures c'est la même chose, je les laisse toujours dehors à la porte et François s'énerve quand il les ramasse sous la pluie, mais que veux-tu, c'est une habitude, mes pieds ont gardé la mémoire des sabots.

L'origine s'oublie, pas le geste.

Ce qui m'étonne le plus, c'est de te voir faire la même chose aujourd'hui.

Plus incroyable encore : tu sais comme j'aime les vêtements originaux, les chapeaux de feutre et les boas de plumes... Quelle que soit la mode je réussis à en trouver et tout le monde me dit que c'est vraiment mon style. Tu sais aussi qu'on ne m'a pas montré de photographie de ma grand-mère dans ma jeunesse puisqu'elle représentait le modèle à ne pas suivre. Eh bien, sur la première image d'elle qu'il m'a été donné de voir, j'ai vu une femme élégante coiffée d'un chapeau et prise dans un grand boa de plumes sur le marchepied d'un tramway.

Dès la rentrée, je suis devenue pionne à temps complet. J'avais bien demandé à mes parents de me payer des études à l'université mais ils avaient répondu : « Le bac, c'est déjà pas mal », donc il a fallu que je subvienne à mes besoins.

On m'a nommée au lycée de Coutances. C'est là que j'ai rencontré ton père.

Il descendait l'escalier central qui séparait l'école des filles et des garçons quand je l'ai aperçu pour la première fois. Il m'a vue aussi parce qu'il a passé sa tête au-dessus du mur et qu'il m'a fait de grands signes en disant : « C'est toi la nouvelle ? »

Il était déjà comme ça. Plein d'humour et d'entrain.

Moi j'ai aussitôt pensé qu'il en voulait à mon scooter quand il a rajouté : « Mon oncle Charles m'a prêté sa caméra et j'ai envie de tourner un film dans La Hague, peux-tu me prêter ta Vespa ? » C'est la première chose qu'il m'a demandée, ma Vespa, mais c'était peut-être un prétexte.

J'avais bien le droit de me méfier parce que je savais qu'il avait fait le même coup à une copine, elle me l'avait raconté en long en large et en travers, donc je me suis dit qu'il était surtout intéressé par mon scooter. Je n'étais pas dupe, enfin je veux dire au début... Et voilà qu'il recommence : « Mon oncle m'a prêté sa caméra pour une semaine seulement et je voudrais vraiment filmer Carteret, est-ce que tu aimerais m'emmener sur ton scooter ? »

Malgré ma méfiance j'ai dit oui. Mais quand on est partis il a voulu conduire.

Il a trouvé un argument pour me convaincre, que j'aurais moins froid derrière lui, qu'il serait mon coupe-vent, et comme il gelait vraiment j'ai dit oui une deuxième fois.

Sur la route il m'a emmenée au restaurant, il faisait fort à l'époque. Il n'a pas dit, comme il le ferait sûrement aujourd'hui, que c'était dégueulasse et trop cher, là pas du tout, il a su se tenir... Après le déjeuner on a filmé les falaises, il voulait retenir cet instant, il suivait tous les brins d'herbe accrochés dans le givre et tout à coup il s'est tourné vers moi et il m'a regardée.

C'est là qu'il m'a déclaré sa flamme. Voilà. Et j'ai dit oui une troisième fois.

C'est allé très vite, un coup de foudre. Après on ne s'est plus quittés.

On est revenus sur le scooter et toute l'année on s'est embrassés, on n'a rien fait d'autre. On se baladait dehors, on s'installait dans les cafés, on était contents.

J'ai rencontré François et je me suis encore fait virer. De mon poste de surveillante cette fois. Pour des broutilles.

Je vivais comme je pensais, c'était une faute. Vivre à deux sans se cacher, un scandale. Surtout que je portais des pantalons et que je roulais en Vespa comme une amazone. Je choquais, on me prenait pour une dévergondée, si bien que j'ai eu des problèmes avec l'administration du lycée de filles de Coutances. Quand je suis arrivée ma tenue a suffi à choquer et on a critiqué mon attitude, je n'avais pas de problèmes de discipline, donc pas de punies. En haut lieu, on parlait de connivence avec les pensionnaires. On a tenté de m'obliger à rendre des listes de consignées en fin de semaine mais j'ai refusé, je n'avais pas le cœur à enfermer mes semblables. J'ai continué la vie que j'avais longtemps imaginée, dans les rues et les cafés de Coutances puisqu'on n'avait nulle part où aller, et là on s'embrassait et on se parlait tout le temps sans comprendre qu'on nous épiait, qu'on nous jugeait. Je nous croyais innocents, je me trompais, d'autres pensaient que nous faisions le mal.

A la fin de l'année j'ai été obligée de comprendre. Que mon attitude avait entraîné mon exclusion. Que j'étais, une deuxième fois, renvoyée du lycée.

Le pire c'est que ton père a obtenu une très bonne appréciation de son administration alors qu'on avait vécu la même chose. Je me disais : Ce n'est pas possible, les femmes ont vraiment du mal à faire leur place..., je me disais : Voilà la preuve de la jalousie que j'inspire en vivant librement, on me traite de malpropre pour me salir.

En fait, les femmes n'avaient pas les mêmes droits que les hommes et c'était ça, le scandale, bien plus que les baisers échangés. Je ne voulais pas choquer mais le mal était fait, j'étais une fille et j'osais vivre, c'était beaucoup trop.

J'ai vraiment souffert d'être une fille. Il y avait d'abord le risque d'être enceinte et si cela arrivait tu devais épouser le mec qui t'avait engrossée, bien ou pas bien ce n'était pas le problème, ou alors tu étais rejetée par ta famille et c'était épouvantable. Et si par hasard tu tombais sur un type bien tu ne pouvais pas faire l'amour sans angoisse, dès qu'il te touchait tu te mettais à entendre une petite ritournelle : « Ne lui fais pas confiance, ce n'est pas lui qui aura des problèmes après... » Le pire c'est que ces craintes étaient souvent justifiées. Quand il fallait faire face à la situation, tu attendais la réaction du type éduqué selon les principes de sa mère qui prétendait qu'il fallait les abandonner, les femmes faciles, parce que l'avenir était écrit dans les draps du lit quand les femmes se donnaient sans honte.

Quand on m'a renvoyée du lycée de Coutances, j'étais catastrophée, j'aurais tellement aimé continuer mes études et parler toutes les langues du monde au lieu de me contenter du français et du patois... Mais en étant pionne il était difficile de se rendre à l'université de Caen plus d'une fois par semaine, je devais au lycée quarante heures de présence et je ne récupérais qu'un dixième du programme avec les cours que les copains me prenaient au papier carbone, quand ils y pensaient. Tous ces inconvénients m'ont empêchée de passer propédeutique, l'examen de sélection qui barrait l'entrée à l'université. De toute façon j'étais découragée à l'avance, les professeurs ignoraient les salariés et personne ne m'avait dit qu'il existait des cours par correspondance. Je n'ai pas continué mes études parce que je n'étais pas au parfum.

Après le renvoi du lycée de Coutances je suis tout de même allée demander un nouveau poste dans l'académie, je n'avais pas d'autre moyen pour subvenir à mes besoins que de continuer à être pionne, mais le rectorat m'a répondu : « D'accord mais à une condition, il faut que vous fassiez un stage de formation cet été à Evreux. »

Un camp de redressement, plutôt.

Puis on m'a nommée à Domfront, le plus loin possible de l'université de Caen. C'était une dernière mesure de rétorsion. Aussi loin de Caen, il était impossible de continuer mes études. Fini les études, fini.

Même au fin fond de l'Orne le directeur n'a pas été agréable avec moi et j'ai vite compris que le téléphone avait été inventé : ma réputation m'avait précédée, j'étais cernée. Le directeur du lycée m'a tout de suite promis de me punir, emploi du temps haché, rapports disciplinaires et tutti quanti.

J'ai tenu jusqu'à Noël.

A Noël j'ai décidé de devenir institutrice.

De toute façon j'étais cataloguée et je ne pouvais plus faire d'études. La bête à abattre, la fille dépravée. On n'échappe pas facilement à ces mots-là, ils ont tourné autour de moi et se sont refermés comme des pièges. De toute façon je n'aurais pas pu m'en sortir.

Je me suis donc installée comme institutrice pour qu'on ne me cherche plus de noises. Le 15 décembre j'ai demandé un poste, trois jours après j'étais au chantier.

Mais j'aurais aimé faire des études.

Pour François, l'avenir s'ouvrait différemment. Quand nous étions encore à Coutances à discuter dans un café, il a sorti une lettre de sa poche. Un professeur de philosophie le proposait pour les Ipes, c'est-à-dire que ses études seraient payées en contrepartie de cinq ans d'enseignement. Mais François faisait la fine bouche : « Ça ne m'intéresse pas, tu te rends compte, m'engager dans l'enseignement pour cinq ans alors que je ne sais pas encore quoi faire de ma vie », il ne comprenait pas sa chance si bien que j'ai été obligée de le convaincre : « Moi je n'hésiterais pas une seconde, tu te rends compte, être payé pour apprendre c'est extraordinaire, tu serais complètement fou de refuser. »

Il a finalement pris sa plume pour accepter la proposition, mais il se trouvait alors obligé de vivre un an en Angleterre pour apprendre la langue qu'il voulait enseigner. Comme tu l'imagines, il est parti à reculons mais je l'ai poussé à ne rien abandonner pour moi : « On se verra quand on pourra mais toi, il faut que tu partes. » Il est donc parti et je suis restée seule dans un trou de campagne à faire mon métier d'institutrice.

Je me suis retrouvée à Domfront, dans cette ville de l'ennui. J'étais seule et institutrice en charge d'un cours préparatoire. Je remplaçais une collègue malade, elle m'a donné quelques conseils et ce fut ma seule formation. J'ai appris le métier sur l'ouvrage.

J'étais seule et fâchée avec mes parents, parce qu'ils n'avaient pas fait l'effort de connaître François ni sa famille.

Ils l'avaient rencontré mais rien de lui ne leur plaisait, ni ses cheveux longs, ni sa parka kaki, ni ses idées sur la religion. On a parlé mariage, mais ma mère a précisé : « A l'église, bien sûr », et à la surprise générale François a refusé. J'ai tout de même donné mon avis : « Si je me mariais à l'église, ce serait de l'hypocrisie », et c'est vrai que je n'étais plus allée à la messe depuis qu'on avait cessé de m'y obliger et que mes parents le savaient sans l'accepter. Là c'était différent, ils ont été obligés d'entendre.

Mon père n'a rien dit mais ma mère n'a pas cédé. François non plus. Tout s'est donc cassé. J'ai quitté mes parents et François est parti en Angleterre.

Plus tard je suis retournée voir ma mère, j'étais encore sans François et le doute était venu, j'étais si seule, et je lui ai dit que j'étais nommée institutrice à Saint-Martin-les-Guyons. Comme j'avais enfin vingt et un ans j'ai pu dire ce que je pensais sans craindre les représailles.

J'ai donc raconté à ma mère où j'en étais de la vie, que je vivais librement avec les hommes et que le reste serait comme bon me semblerait, que ça lui plaise ou non. Comme ça ne lui plaisait pas, j'ai ajouté que je ne reviendrais pas. Que je partais pour de bon, cette fois.

Ma mère a répondu : « Tu ne vas pas t'en aller comme ça, je vais te donner des draps, surtout si tu dois t'installer en ménage. » Elle a couru dans la maison, j'ai entendu le bruit de la clé de la grande armoire, j'ai tout de même attendu, je voulais voir. Puis elle a réapparu et s'est mise à trottiner de travers en ployant sous un tas de linge et elle m'a dit : « Ces draps c'est pour toi. »

Je l'ai regardée en face et je lui ai répondu sans trembler : « Je ne veux rien, je ne te demande rien, je m'assiérai sur des caisses à oranges, je n'aurai pas de trousseau, je m'en fous du trousseau, ce que je veux c'est vivre donc je n'ai besoin de rien », mais elle a quand même posé ses draps brodés sur le porte-bagages de mon scooter.

Alors je me suis vraiment mise en colère.

Ce n'était pas des draps que j'attendais.

D'un seul coup j'ai attrapé sa panoplie et je l'ai jetée en tournant sur moi-même comme une toupie, plaf, dans la boue les draps déjà tachés par la fausse mariée du Mesnil-Tôve.

Puis j'ai mis le moteur en marche et je suis partie.

C'est là qu'on s'est réellement fâchées.

François était loin en Angleterre, j'étais partie pour un fantôme et je m'ennuyais même s'il prenait de longues vacances en France car, à tous les autres moments, j'étais seule : c'était l'époque où je n'avais plus personne. Alors j'ai rencontré un autre garçon à Domfront, le fils de la vieille institutrice que je remplaçais, un fils unique.

C'est-à-dire que j'essayais de faire autre chose.

Je me disais que j'étais loin de mes parents, institutrice, et que ça ne pouvait pas durer comme ça. Je me disais aussi que j'étais séparée de François, sur le plan physique, et qu'il fallait aller ailleurs. J'ai donc eu une relation avec ce gars de Domfront, un Guillemand qui voulait devenir inspecteur des impôts, mais je ne saurai jamais s'il a réussi, je n'ai jamais repris contact avec lui. C'était pourtant un beau gars, blond aux yeux bleus mais fils unique, insupportable.

Et puis François est rentré et on a repris la vie ensemble, j'ai été nommée au fin fond de l'Orne et François m'a suivie, il ne me quittait plus, et nous nous sommes installés dans un appartement au-dessus d'une classe unique.

Au bout de trois mois à peine, je suis convoquée par lettre recommandée chez monsieur l'inspecteur d'académie. Je me rends donc à la préfecture d'Alençon, au volant de mon scooter. Quand on me fait entrer dans le bureau, je reconnais le professeur d'anglais du lycée d'Avranches, Monsieur Vallée. Forte tête et volonté de fer : il avait réussi à préparer le concours d'inspecteur tout en étant professeur mais il se faisait des furonculoses terribles parce qu'il bossait trop, c'est que sa femme ne travaillait pas et qu'il avait quatre enfants à nourrir ce qui n'était pas si facile avec le salaire de l'époque, mais comme j'étais moi aussi une tête de lard il m'aimait bien. J'entre donc dans son bureau et il me dit : « Montre-moi tes mains »... et puis : « Tu n'as pas de rouge aux ongles ? »... et puis : « Tu n'es pas maquillée ? »...

Je lui dis non, non et non, alors il lâche la vérité : « Si tu savais la lettre que j'ai reçue te concernant, excuse-moi mais je croyais que tu étais devenue une prostituée. » Et il ajoute devant ma mine effarée : « Assieds-toi et raconte-moi ce qui se passe, comment vis-tu dans l'Orne ? », je dis : « Avec mon futur mari. On est le 1er décembre, on se marie le 22, on est en pleins préparatifs », je le vois soupirer de soulagement comme si j'avais dit quelque chose d'important pour la vie de l'école et il reprend : « Ah... mais ça change tout... ça n'est vraiment pas raisonnable de vivre à Saint-Martin-les-Guyons comme tu le fais, je veux dire maritalement, tu cherches les problèmes surtout que tu en as déjà eu avant, mais là ce que tu me dis change un peu la donne... Et que fait-il, ce futur mari ? D'abord est-ce que c'est toujours le même, je veux dire celui de Coutances dont j'ai déjà entendu parler ? »

Quand je lui ai raconté que oui, c'était le même, et qu'il passait le Capes d'anglais comme il l'avait également fait avant de devenir inspecteur, le rapport est devenu direct et sympathique, mais il m'a tout de même avoué que si je ne l'avais pas connu, ma carrière dans l'enseignement aurait été très courte.

Une lettre anonyme avait suffi. Avec l'enquête complémentaire, on avait établi le fait que je vivais en concubinage et la machine s'était mise en route.

Le même engrenage.

Un peu plus et j'étais renvoyée de l'Education nationale, mais en tant qu'institutrice cette fois. Dans cette lettre, on disait qu'étant logée par l'école, j'aurais dû donner l'exemple. Que l'hirsute qui pétaradait avec la Vespa sur la place du village de bonne heure – « monsieur poursuit sans doute ses études à grand bruit » – empêchait tout le monde de dormir. Que si on lui reprochait de réveiller toute la populace avec ses grands coups d'accélérateur, l'hirsute se mettait à sourire. Que d'ailleurs il souriait tout le temps, comme un voleur. Et qu'enfin il n'était même pas d'ici.

C'était un pays très profond du côté de Carrouges, un village immobile traversé par des rues idiotes puisque personne ne sortait dès que le soir était tombé, avec un café-épicerie près de l'église. Quand je suis revenue au village après la scène au rectorat, je me suis immédiatement penchée sur le zinc et j'ai demandé à tous ceux qui passaient la journée devant leur verre de me dire qui avait écrit contre moi sans oser me parler en face. L'un d'entre eux a levé le nez et m'a fait signe de le suivre dehors. Là, il m'a révélé que c'était le fils de l'épicier qui avait écrit la lettre. Tout ça parce qu'il avait des visées sur moi et qu'il n'avait rien imaginé de mieux pour semer la pagaille au-dessus de l'école que de prévenir l'inspecteur de mes mœurs dissolues. Le fils de l'épicier espérait qu'après ça, l'hirsute serait obligé de faire sa valise...

Encore un jaloux.

Pour qu'on nous fiche la paix on avait pris la décision de nous marier, François et moi. Ça nous ennuyait de devoir rentrer dans le rang et d'obéir alors qu'on se liait par amour, mais qui faisait la différence ? Alors, coincés. Nous nous sommes trouvés coincés.

J'étais fâchée avec mes parents, on a donc souhaité une union simple et sincère à la mairie, en présence de deux témoins. On a décidé de se marier à Angers d'où François était originaire le 22 décembre 1958 pour vivre ensemble la plus longue nuit de l'année.

La veille du jour dit, nous avons enfourché le scooter mais la route était tellement verglacée que nous avons dû renoncer et monter notre machine dans le train. Jean-Michel Vaillant et Bernard Bonté, nos deux témoins, étaient prévenus et devaient nous réceptionner en fin d'après-midi, mais quand nous sommes arrivés quinze personnes nous attendaient impatiemment sur le quai de la gare. Jean-Michel trépignait déjà en répétant que c'était la fête, qu'il n'était pas question de se cacher quand on se mariait et qu'il s'occuperait de tout, les autres rigolaient en pensant aux nuits qui allaient suivre. Il y avait un peintre, Jean Gérard, un musicien qui n'avait jamais appris la musique, Bernard Bonté, et Jean-Michel Vaillant qui ne jurait que par le cinéma, les sœurs de François et leurs prétendants. A elles seules, elles attiraient toutes sortes d'artistes rue de l'Usine-à-Gaz où leur mère Louise accueillait Michel, Pierre ou Jacques sans connaître leur nom de famille, c'est-à-dire Simon ou Prévert. Toute une bande, quoi, alors la fête a commencé.

Jean-Michel m'a demandé si j'avais emporté une robe spéciale pour la cérémonie et quand j'ai secoué la tête il a rétorqué : « Il n'est pas question que tu te maries comme ça, demain matin je t'emmène dans le magasin d'une cousine, c'est fermé pour le week-end mais je vais aller la chercher, elle ouvrira spécialement pour toi et tu choisiras ce qui te plaira. »

Grand prince, Jean-Michel, et amoureux de la beauté...

Il a réussi à faire ouvrir le magasin un dimanche mais je n'y ai trouvé que des robes de bourgeoise avec des étiquettes exorbitantes et je me suis payé le luxe de ne rien acheter alors que la cousine a passé deux heures avec moi. Jean-Michel a lancé : « Qu'à cela ne tienne ! » et m'a emmenée chez une autre vague parente dans un quartier chic de la ville. Comme il n'avait pas la clé on est entrés par effraction, il en aurait fallu plus pour l'arrêter, il a ouvert en grand les portes des penderies et m'a dit de me servir en précisant que sa cousine était partie en voyage, et que de toute façon elle ne saurait jamais qu'on lui avait emprunté des nippes pour un mariage, mais je n'ai pas eu le coup de foudre pour les robes de cette élégante, elles ne me ressemblaient pas, si bien que j'ai finalement répondu : « Non merci je ne prendrai rien, je porterai ma petite robe bleue à pois blancs qui me plaît bien avec mon kabic blanc, je n'ai pas envie d'autre chose. »

Jean-Michel a compris et il nous a proposé sa maison de campagne aux Frey-Mureaux, pour faire la fête avec une vingtaine de personnes prévenues au dernier moment. On a dit oui mais j'ai tout de suite posé le problème de l'intendance : « Il faut qu'on pense à ce qu'on va manger parce qu'on ne va pas faire que boire tout de même... », si bien que le lendemain matin nous avons commandé des rôtis de porc chez le boucher du père de François qui a bien voulu nous les cuire pour l'occasion, acheté un stock de nouilles, des haricots et du pain. J'ai posé toutes les victuailles sur le porte-bagages de mon scooter et j'ai dû faire plusieurs voyages en prévision de la suite.

Quand le problème alimentaire a été réglé, il était plus de onze heures et le mariage devait être célébré à onze heures trente. On a commencé à regrouper tout le monde, mais manquaient Jean-Michel Vaillant, Bernard Bonté et le marié. Les autres m'ont dit qu'ils les avaient vus partir en ville : Bernard qui travaillait dans un restaurant et qui sentait la frite devait s'acheter une chemise neuve, François des chaussettes. On les a attendus longtemps, jusqu'au moment où on les a aperçus qui arrivaient dans une vieille voiture de collection avec un gros bouquet de fleurs blanches que Jean-Michel a brandi en claironnant : « Je suis sûr que personne n'y a pensé mais on ne peut pas se marier sans une gerbe de fleurs »... Il faut dire que Jean-Michel venait d'une famille aisée et qu'il avait autant d'argent que les fleurs de pétales.

On a eu du mal à être tous prêts en même temps mais à un moment on s'est tous regardés et rien ne manquait, François avait des chaussettes propres, Bernard une chemise blanche, les sœurs de François étaient largement maquillées, j'avais recousu le bouton de ma robe bleue à pois blancs, alors on est partis.

Le mariage civil s'est déroulé sans histoire, sauf que nous entendions les passants demander : « Où sont les mariés ? » Effectivement nous n'avions pas la tenue, nous étions en civil ce jour-là et ravis d'être invisibles dans la foule et libres.

Notre seul souci c'était le vin ; effectivement, personne n'avait pensé à en acheter pour le repas. C'est encore Jean-Michel qui nous a tirés d'affaire en nous emmenant chez des viticulteurs de la région. Nous sommes partis tous les trois, Jean-Michel conduisait, nous nous serrions à l'arrière, et comme on avait l'air de deux oiseaux sur la branche on nous a largement fait goûter les bouteilles avant de nous les vendre. Pas une ni deux, au moins trois, après je ne m'en souviens plus, seulement que je titubais en sortant du domaine. En voyant ça, Jean-Michel a eu une nouvelle idée : il nous a emmenés manger des tartines de rillettes à La Roche-de-Mûre pour atténuer les effets du vin. Quand nous avons un peu retrouvé nos esprits, nous nous sommes souvenus que tout le monde nous attendait pour le déjeuner, il était déjà deux heures et demie et personne ne pouvait commencer sans nous puisque nous avions stocké les rôtis de porc dans le coffre de la voiture de collection. Alors nous sommes vite rentrés dans la maison de campagne remplie d'objets d'art et de tableaux, et nous avons mis la table en faisant chauffer de l'eau pour les nouilles.

On était allés jusqu'au bout de nos idées et le mariage est devenu une histoire de copains. Bernard Bonté a joué du piano à queue, il était capable de reproduire tous les airs qu'il entendait mais ses parents avaient préféré qu'il ait un véritable métier et l'avaient obligé à travailler dans un restaurant minable.

Dès qu'il a joué, les sœurs Lemière ont commencé à chanter. Collées les unes aux autres, au-dessus du piano, elles reprenaient les refrains en chœur et se mettaient à pleurer si la chanson était triste. En fait elles vivaient vraiment les phrases qu'elles prononçaient, les sœurs de François, comme leur père qui faisait les basses avec des airs de cosaque redoutable. Et puis à la fin ils se sont tous mis à danser en chantant leurs regrets. Alors Jean-Michel nous a séparés du groupe, et nous a projeté des films qu'il avait tournés en Amérique du Sud, dans des asiles psychiatriques. Effectivement, Jean-Michel était amateur de cinéma et il s'était intéressé au monde des fous au travers de leurs dessins.

Un mariage impressionnant.

Je ne me suis vraiment pas ennuyée, ce jour-là. En fait rien n'était prévu, on a vécu le moment et tout le monde a été ravi d'échapper à la norme.

On a mangé deux fois, l'après-midi et le soir. Au milieu de la nuit les invités ont quand même pensé à nous laisser seuls dans la belle maison, mais quand il a fallu ramener tout le monde à Angers on a vu que deux voitures n'y suffiraient pas. Pour le dernier voyage il restait sept personnes à caser dans la Juva quatre, on a réfléchi longtemps et finalement François a pensé qu'il fallait rentrer son petit frère à l'horizontale. On a donc glissé Jacques comme un paquet dans la voiture, on a claqué la porte et après on est restés tous les deux.

On passe une longue nuit mais au petit matin on est réveillés brusquement par un vacarme épouvantable. François se lève d'un bond et je le suis à quelques pas. Personne. On se lève et on voit un chat sauvage, une fenêtre avait dû rester ouverte et il avait flairé les restes du repas, mais quand on veut s'approcher de lui il se jette sur les vitres de la véranda et retombe plusieurs fois à nos pieds. Une peur panique le prend quand il se rend compte qu'il est prisonnier, et il renverse des piles d'assiettes et de verres et se tourne vers nous le poil hérissé. Un peu plus et il nous attaquait. Il a heureusement trouvé la sortie. Après notre longue nuit on a vécu un matin sauvage et je me suis demandé si c'était bon signe.

C'est vrai que tous les détails comptent, le jour où on se marie.

Il n'y avait ni mon père ni ma mère, aucun frère ou sœur, aucun de mes parents le jour de mon mariage.

Je les avais pourtant prévenus mais ils ne sont pas venus.

J'avais envoyé un faire-part à Adèle pour prévenir de la date et de l'heure, mais ce ne devait pas être suffisant parce que personne n'est venu.

Ma mère l'a su, mon père aussi, j'en suis certaine. Mon frère Baptiste avait une bonne excuse, il se battait en Algérie, les autres non.

J'avais dû quitter le Mesnil-Tôve, je n'avais pas rompu le cœur gai mais obligé, il faut dire que ma mère en avait trop fait : à dix-neuf ans, si je recevais du courrier de François elle l'ouvrait. François m'écrivait des mots d'amour d'Angleterre, qu'elle avait le culot de lire avant moi. Tout juste si elle ne faisait pas de commentaires sur son style, alors là, vraiment, je ne l'ai pas supporté.

Je lui ai donné une grande claque. Deux revers. Elle n'a pas répondu, elle a senti que j'étais vraiment en colère.

Après cet épisode François a continué de m'écrire, mais il cachait ses lettres dans des livres à secrets : il glissait des mots tendres sous la couverture pour ne pas avoir deux lectrices. Ma mère s'imaginait encore qu'elle avait un droit de regard sur ma vie amoureuse parce que je n'avais pas vingt et un ans, tu imagines... On ne respectait pas du tout ma vie privée. Mais ça m'a coûté de me fâcher avec mes parents, c'est certain, et c'est la raison pour laquelle j'ai fait une fugue amoureuse. Après, j'ai repris François et on se s'est plus jamais quittés. Je n'ai plus revu mes parents, jusqu'au jour où je suis revenue avec toi dans les bras.

On avait demandé à se marier, on avait gagné une fâcherie.

On en avait assez de subir, on n'a pas pu supporter l'idée de l'église ni du mariage à la campagne avec mes oncles et mes tantes. De toute façon c'était fichu d'avance, le père de François était un communiste convaincu et jamais de sa vie il n'aurait consenti à entrer dans une église, mieux encore, dès qu'il croisait un curé il croassait, oui, comme les corbeaux, pour bien montrer qu'il croisait un oiseau de mauvais augure quand il tombait sur un « plumes aux pattes », alors tu imagines avec ma mère... A force de faire le bilan j'ai nourri des craintes à propos de ce mariage, on a donc préféré déguerpir et se marier en cachette même si ce n'était pas monnaie courante en 1958.

On était vraiment des originaux.

Quand on a été mariés, on nous a enfin reconnus. L'administration m'a confié un poste d'institutrice dans le Calvados pour rapprochement de conjoints. On nous entendait enfin, on pouvait même exiger des choses.

Mais je ne voyais toujours pas mes parents et la guerre d'Algérie s'éternisait. Bientôt ce serait au tour de François d'y aller, on était de nouveau cernés. François disait qu'il réussirait à se faire réformer mais j'avais des doutes et j'ai demandé un enfant tout de suite.

Comme je ne prenais aucune précaution je suis tombée enceinte en janvier. Pas avant de me marier, ça m'a fait plaisir de faire taire les mauvaises langues, j'étais dans les normes pour une fois, rien à me reprocher.

Mais François avait toujours des inquiétudes, pour l'Algérie. Il multipliait les démarches pour ne pas partir, rien n'était pourtant certain. Il risquait vingt-sept mois.

Je ne voulais pas être toute seule et je me disais que c'était bien d'avoir un enfant s'il partait aussi longtemps et que je restais une fois de plus dans un trou de campagne à faire l'institutrice, mais en même temps j'étais certaine que si on avait cet enfant il ne partirait pas.

Une intuition.

C'est exactement ce qui s'est passé, en fin de compte.

Le 29 octobre 1959 j'aidais encore ton père à aménager la maison que nous venions d'obtenir au-dessus de l'école de Rots. Comme Jacques, le petit frère de François, devait venir dîner à la maison, je suis allée faire des courses avec mon gros ventre et d'un seul coup j'ai eu une douleur violente. J'ai donc averti François : « J'ai bien peur que ce soit le début de l'accouchement, comme on est à Bayeux on va aller voir la sage-femme. » L'accoucheuse m'ausculte et me dit : « Ce sont des petites douleurs d'engagement, vous n'accoucherez pas avant quinze jours », et je lui réponds : « Eh bien ça promet, parce que là, j'ai déjà très mal », mais elle répète : « Non non, j'en suis certaine, pas avant quinze jours. »

Alors on rentre à Rots dans notre nouvelle maison que j'organise un peu, mais je me plie encore en deux devant François qui me rassure comme il peut : « La dame t'a dit d'attendre, ce sera dans quinze jours. » Le seul à s'inquiéter c'était Jacques, il ne voulait pas assister à ça, je le comprends.

Dans la nuit je me lève plusieurs fois, les douleurs se rapprochent et François répète : « Calme-toi puisqu'on t'a dit d'attendre. »

A quatre heures du matin je perds les eaux dans le lit. Cette fois je n'hésite plus : « Vite vite, il faut qu'on parte à Bayeux, j'accouche dans une heure au plus tard. » François ouvre vaguement l'œil et gémit : « Ah, mais moi je ne peux pas partir sans prendre un café. » Jacques s'affole pour de bon : « Non, mais t'es complètement fou, tu vois pas dans quel état elle est ta femme ? » Alors on monte dans notre 2 CV, et François ajoute : « Oh la la, je ne sais pas si j'ai assez d'essence pour rouler jusqu'à Bayeux. » Inutile de préciser qu'à sept heures du matin aucune station-service n'était ouverte. On part malgré tout et sur la route on rencontre un auto-stoppeur. François freine brusquement et s'arrête devant lui : « On ne peut pas le laisser là quand même, faut être humain. » Je criais toujours quand on a fini par arriver à la clinique. Pendant ce temps-là, je sentais que tu arrivais. A la maternité on me demande le nom de mon père, le nom de ma mère, et moi je savais que tu descendais, alors j'ai dit : « Je vous raconterai ma vie, mais après. »

C'est dans l'ascenseur que j'ai connu la plus grande douleur. Quand je me suis enfin allongée, la sage-femme a admis qu'il était grand temps. « Han... je vois ses cheveux, ils sont noirs, ne bougez pas. » Avec un tel régime, tu es née dix minutes après notre arrivée. François a tout juste eu le temps de passer une blouse blanche et tu étais devant nous, le cordon autour du cou. J'avais trop bougé sans doute et tu commençais à t'étouffer mais avec ses grands ciseaux la sage-femme t'a délivrée.

C'était un accouchement magnifique. En dix minutes seulement.

Quant à François, il avait surtout peur qu'on t'emmène et qu'on ne te revoie jamais, des rumeurs circulaient à l'époque à propos de bébés échangés dans certaines maternités. Il t'a donc collé un sparadrap sur le poignet avant de te confier à une infirmière.

A chacun ses angoisses, devant un nouveau-né.

Quand tout a été réglé j'ai dormi contente, d'un sommeil riche, exceptionnel.

Sauf que ton père devait partir en Algérie quatorze jours après ta naissance. J'ai donc signé une décharge au bout de six jours, tu étais en pleine forme et les infirmières m'avaient initiée à la toilette et à l'allaitement puisque je n'avais pas de mère auprès de moi. Au bout de six jours je croyais être aguerrie, mais quand je suis sortie j'ai paniqué. Je me suis vue plantée avec toi dans la rue et je n'osais plus avancer puisque je ne savais pas où on allait ensemble ni même si je serais capable de t'élever, on était tellement jeunes et remplis d'incertitudes avec cette guerre qui nous sifflait aux oreilles alors que toi tu étais là et qu'il était trop tard pour reculer. Mais finalement ta venue a été un déclencheur, François s'est démené pour se faire réformer. Il est allé à Angers pour avoir des certificats médicaux attestant de son asthme. Jean-Michel Vaillant connaissait de nombreux médecins compréhensifs et rassurait François en organisant de petites fêtes avec des amis intimes et chaleureux. Comme j'attendais à Rots avec toi, ils ont décidé de t'écrire des lettres pour te souhaiter la bienvenue dans notre monde. Pierre Prévert a dessiné de grandes fleurs sur une feuille pour nous donner de l'espérance.

Tu es née, François est parti à la caserne.

Je me souviens précisément de son départ. J'étais désemparée, fâchée avec mes parents, toute seule en cambrousse, et devant moi mon mari prenait le train sans billet de retour.

On ne savait pas grand-chose de cette guerre sinon qu'elle n'épargnait personne. François avait beau répéter : « Ne t'en fais pas, je vais me faire réformer », j'avais des craintes, en faire trop c'est souvent créer l'inverse de ce qu'on souhaite. J'avais raison, il a risqué le régiment disciplinaire à force de jouer la comédie, et pourtant il n'y avait qu'à regarder ses yeux pour comprendre qu'il n'avait rien à faire à la guerre et qu'il serait sûrement l'un des premiers tués si on l'emmenait quand même.

Alors, quand on a été sur le quai de la gare de Bayeux pour conduire François là d'où il n'allait peut-être pas revenir, je me souviens très bien avoir senti, à ce moment-là, à ce moment précis, que ma vie pouvait s'arrêter d'un coup, et que j'étais peut-être en train de tout perdre pendant cette minute anodine.

Mon cœur était gros et il s'est soulevé très haut. Je me disais : Maintenant tu as une môme dont tu seras toujours responsable... Ton mari part pour vingt-sept mois mais tu ne sais pas si c'est le bon compte, beaucoup de gars meurent là-bas. Te voilà bien avancée à pleurer avec ta fille dans les bras.

Heureusement que l'oncle Charles était venu avec sa femme Marthe, et avec sa belle-mère Maman-Lise. Toi on t'avait appelée Aline, c'est moi qui ai choisi ce prénom. Maman-Lise était heureuse quand elle aidait des jeunes à s'aimer. Elle a regardé les autres puis elle a proposé que je m'installe dans la maison familiale à Bayeux : « Ne rentre pas à Rots, ma petite fille, on va tous s'occuper de toi, tu ne peux pas retourner si seule dans ta campagne. » Alors j'ai dormi avec toi dans une grande demeure bourgeoise où on connaissait l'argenterie. Charles était inspecteur des impôts et Marthe directrice d'une école maternelle, des gens riches qui ne pouvaient pas avoir d'enfants. Ils m'ont installée dans une chambre de bonne dont je connaissais les moindres recoins puisque je dormais très peu.

Une nuit, vers deux heures du matin, j'entends frapper à la vitre. Je me dis que ce n'est pas possible étant donné que je dors au dernier étage du numéro 13 de la place aux Pommes et je me retourne sous les draps. Mais le bruit recommence. Ce n'était pas un doigt qui frappait, plutôt un caillou. Je cours à la fenêtre, je regarde au carreau et je vois mon Roméo... Il rigolait sous un rayon de lune et je comprends avant qu'il ne crie : « Ça y est, j'ai réussi, je suis réformé... »

Je ne l'ai jamais vu aussi content de réussir un examen, mais il faut dire qu'il l'avait mérité, il fumait des cigarettes trempées dans de l'huile de vidange pour se déclencher des crises d'asthme. C'était vraiment moins grave que de partir en Algérie où on l'aurait obligé à tuer, ou même à torturer ou à violer. S'il en était revenu vivant ton père aurait perdu la tête, il était incapable de commettre des actes de cette nature. Avec l'Algérie c'était en plus la loi du silence parce que personne ne savait si la guerre était juste.

Mais là je voyais de mes yeux ton père gesticuler sous ma fenêtre et je l'entendais crier en faisant semblant de sauter jusqu'à moi. Les voisins n'étaient peut-être pas contents mais cette fois on était mariés et on dormait dans la soie, ils n'avaient donc plus rien à nous dire...

François était réformé mais à titre temporaire, c'est-à-dire pour un an seulement. Certains appelés avaient prévenu que l'armée faisait des contrôles sans préavis. Quand on était réformé pour incontinence, un militaire apparaissait soudainement sous votre fil à linge. Il fallait donc se méfier et le problème allait se reposer plus tard, mais au moins on disposait d'un instant pour souffler et avec un peu de chance la guerre finirait avant l'échéance.

Une fois que François est rentré il a laissé éclater sa joie à l'idée de te voir grandir un peu. Devant toi il a assuré qu'il ne partirait pas à la guerre et qu'il ferait l'impossible, ce qu'il a fait. Il a continué de voir de nombreux médecins qui diagnostiquaient un asthme sévère et chronique. C'était beaucoup de choses en même temps.

Restait encore la question de mes parents.

J'ai reçu un colis pour ta naissance mais je n'ai pas eu de visite à l'hôpital, François n'était toujours pas accepté dans ma famille. Tu avais presque un an quand je suis revenue. Eux n'auraient jamais fait le chemin jusqu'à moi, ils n'auraient pas cédé, j'ai donc fait le premier pas.

Un jour j'ai dit à François : « Il y en a marre, il faut bien qu'ils voient Aline. » J'ai donc écrit qu'en cas d'acceptation de leur part nous viendrions un dimanche. Ils ont répondu qu'ils nous attendaient.

Quand nous sommes arrivés mon père a pleuré, pas ma mère.

Mon père était très sensible, il a dit que tu étais déjà grande, qu'il ne verrait jamais le bébé comme il était sorti.

Ma mère est restée droite comme un I puis elle a tout de suite parlé de baptême : « Si je la prends chez moi et qu'il arrive un malheur, faudra peut-être que je l'enterre au fond du courtil comme un chien ? »

Elle voyait loin, ma mère, et comme on était revenus et qu'il fallait que ça cesse on a promis de te faire bénir rapidement par un curé, l'eau n'allait pas te traumatiser. Alors ils se sont occupés de toi, ils t'ont trouvée très mignonne, ils ont eu des gestes et tout le monde a pleurniché cinq minutes. Puis ma mère nous a demandé de mettre la table.

Cette guerre-là il était en notre pouvoir de l'arrêter, ce que nous avons tous décidé de faire en gardant pour nous nos certitudes. Revenir c'était encore se taire, mais cette fois la règle valait pour les deux camps. On a signé l'armistice après une rupture totale de deux ans. Deux années difficiles mais avais-je le choix ? Si j'avais cédé à propos de mes amours j'aurais été réabsorbée par mon milieu, on m'aurait conseillé d'épouser un homme du pays fortuné, marchand de vaches ou notable, mort de l'âme assurée, on m'aurait répété que j'étais jolie et cultivée et qu'il fallait se donner au plus offrant, on m'aurait vendue à l'occasion d'un mariage en grand. Mais j'ai choisi toute seule. J'ai choisi François qui n'avait pas un sou mais de l'humour à revendre, un homme pas sérieux qui faisait presque peur avec ses cheveux longs et ses habits froissés – il dormait tout habillé quand je l'ai rencontré –, trop freluquet pour tuer le cochon ou courir aux champs mais marchant plus vite que les autres à l'amour.

Je comprends le sursaut de mes parents dès la première rencontre, on se faisait arrêter par la police qui voulait contrôler les papiers de cet hurluberlu quand on marchait ensemble dans la rue, et si on se réfugiait dans un magasin on était aussitôt pris en filature par les détectives de la surveillance, mais que veux-tu, c'était de la méfiance mal placée.

Le seul problème c'est qu'il n'avait pas l'air de tout le monde.

A cause de sa mèche et de ses cheveux en parapluie qui cachaient ses yeux clairs, à cause de la capuche de sa parka aussi. Dès qu'il pleuvait et qu'il s'abritait sous son vêtement, on pouvait s'attendre à une explosion : toutes ses mèches se dressaient autour de sa tête et il devenait inquiétant pour ceux qui ne le connaissaient pas. En fait, il n'était pas ordinaire. Je savais que je n'étais pas attirée par l'uniforme mais à ce point, je me suis surprise moi-même... Il n'était pas comme les garçons que j'avais rapidement connus, je veux dire classique, et avec lui je ne risquais pas le pire, c'est-à-dire l'ennui. Avec un autre ma vie aurait coulé sans vagues, la belle-famille aurait même prêté de l'argent pour nos investissements ménagers mais j'ai toujours aimé la difficulté. Je le dois peut-être à ma mère... comme elle connaissait depuis toujours la misère, elle avait décidé de s'occuper des chiens battus pour oublier son triste sort.

Tout ce temps nous avons vécu dans l'instabilité : François ne pouvait pas avoir de poste dans l'enseignement parce qu'il n'avait pas fait son service militaire, et moi j'étais institutrice remplaçante. Il suffisait qu'une titulaire demande mon poste pour que je sois obligée de le quitter, ce qui s'est effectivement passé. J'étais donc dans la cour de l'école de Rots avec toi dans mes bras à vingt-quatre heures de la rentrée parce que je ne savais pas encore où j'étais nommée et que la titulaire avait exigé de s'installer – nos meubles avaient été entassés dans la grange d'un paysan pour le temps de l'attente – quand j'ai appris que je commençais le lendemain à Norrey-en-Bessin. Je me suis rendue dans ce nouveau village et on nous a montré une vieille masure en certifiant que c'était l'école, ce taudis. La municipalité faisait construire un bâtiment neuf mais les travaux n'étaient pas encore terminés.

Je t'ai trouvé une nourrice et j'ai fait la rentrée. J'enseignais dans une classe unique où je préparais aussi au certificat d'études. Le programme prévoyant une initiation à l'hygiène, je parle des vaccinations obligatoires, des maladies contagieuses, et je prends l'exemple de la tuberculose. C'est alors que le fils de la nourrice lève le doigt pour prendre la parole : « Madame, madame, moi je sais bien ce que c'est, la tuberculose, tout le monde l'a attrapée dans ma famille alors je peux en parler »... et toi tu étais chez eux. J'ai couru pour te reprendre et je t'ai installée dans la classe.

Je me souviens d'avoir pleuré de panique : il n'y avait sûrement qu'un foyer de tuberculeux à Norrey-en-Bessin et je t'avais confiée à ces gens-là, sans le savoir, à cette vieille dame aimable au premier abord mais dangereuse. Pour m'occuper des enfants des autres. Pour gagner de quoi vivre. Les tests ont vite montré que tu n'avais rien attrapé. Heureusement, je ne me le serais pas pardonné.

Je n'ai pas aimé mes premières années d'enseignement. Je n'étais pas contente de moi, je n'avais pas l'impression de travailler correctement alors que je savais l'importance d'un modèle fort pour que les enfants se sortent de leur milieu familial.

Après Norrey-en-Bessin et Carcagny, on m'a nommée à Rouen. Ou plutôt au Val-de-la-Haye, sous la fumée des usines automobiles qui ont irrémédiablement défiguré les berges de la Seine. Je me suis trouvée enceinte de Lisa au moment de la rentrée.

A l'heure dite, le 29 mai 1963, j'ai senti les premières contractions. C'était encore le soir, comme pour toi, mais cette fois j'ai voulu jouer la prudence et j'ai dit à François : « On fait la valise tranquillement et on part à la maternité sans attendre la poche des eaux. » Il était aux alentours de minuit quand nous sommes arrivés devant la clinique Saint-Hilaire de Rouen. Les portes étant fermées à cette heure tardive, François sonne aux urgences. Une infirmière passe la tête à la fenêtre d'un étage, se penche vers nous et demande avec nervosité : « C'est pour quoi ? », François répond sur le même ton : « C'est pour un accouchement », elle demande des précisions : « C'est quel numéro ? », François réplique : « Le onzième », alors on voit la fenêtre claquer précipitamment. On se regarde et on décide de monter tout seuls. Quand l'infirmière nous voit en pleine lumière elle sursaute et nous dit : « Mais ce n'est pas possible, vous êtes bien trop jeunes pour que ce soit déjà votre onzième enfant », si bien que François retrousse ses lèvres en une sorte de sourire et répond : « Mais non madame, j'ai dit que c'était le onzième pour plaisanter.

– Une plaisanterie ? glousse l'infirmière, eh bien rira bien qui rira le dernier, j'ai déjà téléphoné à la sage-femme parce que pour le onzième ça vient très vite et elle arrive tout de suite, on verra si elle appréciera votre humour », et elle s'en va en concluant : « Vous êtes de vrais gamins. »

La sage-femme arrive effectivement en trombe vingt minutes après. L'infirmière lui parle à l'oreille pendant qu'elle se désinfecte les mains, elle jette sur nous un regard interrogateur et finit par dire : « Vous avez des contractions, madame, vous avez l'air de souffrir. » Je l'assure du contraire : « Les douleurs sont tout à fait supportables, j'ai déjà eu un enfant, je sais ce que c'est », mais la sage-femme rajoute : « Vous allez quand même venir sur la table de travail, ce sera plus pratique, tout sera prêt. »

Je m'allonge dans la salle d'accouchement où François me suit mais elle le renvoie en disant que chez elle les hommes ne se mêlent pas des histoires de femmes, il a beau récriminer on ne veut pas l'entendre, et quand je me retrouve seule la sage-femme fait ce qu'elle veut de moi. Sur la table j'ai une contraction vers onze heures et demie, je prends mon souffle et j'attends, toutes les femmes connaissent ça, mais elle me dit : « Oh la la, vous souffrez tellement que je vais vous faire une piqûre, après tout ira mieux », et sans attendre de réponse elle fait ce qu'elle a dit et je m'endors.

En fait, c'était une anesthésie.

La sage-femme ne voulait pas attendre cinq heures du matin pour que l'accouchement ait lieu. Elle m'a donc endormie et s'est servie des forceps pour sortir Lisa. Quand je me suis réveillée j'avais un nouveau-né sur le ventre et je ne comprenais rien du tout, on m'a dit : « C'est une fille » et je me suis mise à pleurer, je ne comprenais rien, rien du tout, on m'avait volé mon accouchement. Alors j'ai encore pleuré et j'ai exigé de voir mon mari. « Il restera tout le temps avec moi parce que je n'ai aucune confiance en vous », j'ai dit cette phrase et je me suis endormie fâchée. Avec toute cette drogue je ne pouvais pas rester éveillée pour regarder Lisa.

Le lendemain je suis un peu revenue à moi et j'ai enfin ausculté ma fille. Elle avait la tête en forme de poire. J'ai compris qu'ils avaient déformé son crâne en l'aspirant. J'étais folle, folle de peur et de colère à l'idée qu'elle soit anormale à cause de leur impatience et de leur manque d'humour, et j'ai pleuré jusqu'au moment de la nuit. Là j'ai eu toutes les souffrances du monde, j'ai connu toutes les contractions à vide et c'est pire qu'au naturel. Comme je souffrais, on me disait de ne pas m'occuper de ma fille qui était installée dans la pouponnière.

Les infirmières ne s'attardaient pas dans les chambres parce que le pape était en train de mourir et qu'elles faisaient monter des prières dans la chapelle à son intention, et moi je me disais que la pauvre Lisa arrivait et que tout le monde s'en fichait à cause d'un vieux machin qui de toute façon allait rendre l'âme, alors j'ai exigé de signer une décharge pour rentrer chez moi.

Là j'ai pu voir Lisa toute nue pour la première fois et j'ai découvert un cul de singe et des plaies sous les bras. Sa peau était si rouge qu'elle se crevassait par endroits. A cause du pape on n'avait pas pris le temps de la rincer correctement. J'ai été obligée d'appeler le médecin. Je lui ai dit que j'étais scandalisée, il a compati.

A cause d'une plaisanterie de François nous avons été punis.

Punis pour notre jeunesse et notre belle inconscience.

On avait sans doute décidé de nous apprendre à vivre.

Puis François a obtenu son Capes pratique et il a été nommé à Dinard. J'ai demandé à le suivre, mais malgré nos démarches renouvelées – François a même offert un bouquet de fleurs à la responsable des nominations à Paris – je n'ai pas pu obtenir de poste en Ille-et-Vilaine.

J'ai donc pensé vous élever au lieu de m'occuper des enfants des autres et cette perspective m'enchantait, mais vivre avec huit cents francs par mois à quatre quand le loyer à Dinard était de cinq cents francs s'est révélé impossible. François a été tellement vexé de ne pas pouvoir subvenir convenablement aux besoins de sa famille qu'il a décidé d'écrire des chansons et de se produire dans des cabarets. Puisque nous étions séparés trois jours par semaine et qu'il avait le temps de penser pendant les trajets, il a commencé à battre des rythmes sur le volant de la voiture et des mots sont venus. Ces petits refrains lui ont donné l'espoir du succès, d'autant plus qu'il avait eu la chance de rencontrer Boby Lapointe au cours d'un stage d'animateur et qu'il avait immédiatement trouvé une connivence avec ce grand faiseur de mots. Au bout d'un an il avait écrit une vingtaine de chansons qu'il a décidé de présenter une nuit à nos meilleurs amis. Comme il ne connaissait pas la musique, il s'accompagnait en tapant sur la table où nous avions dîné et tous les verres tintaient. Les copains lui ont conseillé de continuer.

Il y avait à cette époque des scènes ouvertes où les artistes pouvaient présenter quelques échantillons de leurs créations, et notamment un petit cabaret appelé Le Virgule qui se trouvait dans les sous-sols d'un foyer de jeunes travailleurs. Un soir où nous assistions au spectacle de Jacques Allumey qui racontait sa vie en présentant au public une série de plats peints, un homme s'approche de François et lui demande de chanter quelques-unes de ses chansons pour conclure la soirée. C'était Jo Mafiole, le directeur de la plus grande Maison des jeunes et de la culture de Caen. Il avait eu vent des chansons de François et voulait l'entendre pour éventuellement le programmer. François a donc pris un bidon à huile vide qui traînait dans un coin du cabaret, il a enfilé une blouse d'écolier et a fredonné ses mélodies.

Le ciel est doux
Soleil roux,
Pourquoi désirer davantage ?

Cette soirée a été le début d'une nouvelle vie. François a pris un pseudonyme, il s'est fait appeler Eusèbe en souvenir de ses sœurs qui lui avaient donné ce surnom parce qu'elles le trouvaient drôle et ridicule, et s'est mis à tourner dans tous les cabarets de France et de Navarre. A cette époque on aimait la chanson à texte et une forme d'amateurisme éclairé qui paraissait plus sincère que les musiques trop léchées. On s'intéressait aussi aux artistes québécois qui résistaient avec brio aux envahisseurs anglophones et qui avaient de lointaines racines en Normandie. C'est ainsi qu'Yves Chauron s'était fait connaître en France, et qu'il enchantait des salles entières avec son accent sauvage et ses grandes moustaches de Gaulois indomptable. On suivait aussi les progrès de Julos Beaucarne, ce chanteur belge dont la femme avait été assassinée par un déséquilibré et qui ne continuait à vivre que de chanter. Peu à peu, François les a rencontrés et il a tourné avec eux, comme Jo Mafiole qui s'était mis à écrire ses propres chansons.

Il est arrivé un jour où Bruno Coquatrix, le directeur de l'Olympia, s'est intéressé à ce chanteur qui avait gagné un concours à Cabourg et lui a donné rendez-vous. Coquatrix a alors proposé de faire la carrière de ton père, mais il lui a conseillé de vivre à Paris et de laisser derrière lui femme et enfants. Pour être artiste il valait mieux avoir une vie dissolue, comme Jacques Brel. C'était l'uniforme du moment, le costume de l'artiste des années soixante.

François ne pouvait pas tout sacrifier à son art, il avait un peu peur d'abandonner le travail et la famille qui lui avaient donné sa nouvelle indépendance, si bien qu'il a eu le culot de dire non à cette proposition. Moi j'aurais souhaité qu'il continue sa vie d'artiste et qu'on fasse encore preuve d'originalité en restant ensemble, en conciliant les deux mondes, mais il a préféré renoncer.

Et puis François ne savait pas bien jouer d'un instrument et c'est Yves Chauron qui l'accompagnait à la guitare. Yves rentrait parfois pour quelques mois au Québec, mais un jour on a appris qu'il ne reviendrait jamais parce qu'il s'était tué en voiture une nuit où il était revenu d'un spectacle sous l'emprise du hachisch. Cette mort brutale a été difficile à avaler pour François, qui avait perdu un ami et un accompagnateur de talent. Mais il a choisi de continuer à chanter dans les cabarets en prenant Manu comme guitariste.

Manu, c'était le deuxième mari d'Agnès, la sœur de ton père, on restait dans la famille, mais il était contremaître dans une usine et devait pointer à six heures quand il se couchait à deux, si bien que François a ralenti le rythme des spectacles. La chanson fut une aventure qui dura une vingtaine d'années : deux ou trois soirs par semaine, François s'est produit dans des cabarets en continuant le jour d'enseigner l'anglais.

Pendant tout ce temps, la société bougeait. On ne se cachait plus pour vivre comme bon nous semblait, au contraire, et des gens venaient écouter François quand il piégeait les bien-pensants à coups d'humour et de tendresse. Notre façon de vivre était soudain devenue à la mode.

Quelques mois après, c'était l'explosion de Mai 68.

C'était un mouvement extraordinaire. On a connu la révolte des femmes et les débuts de l'amour libre. Cette expression voulait dire quelque chose quand on avait pris l'habitude de faire l'amour la peur au ventre. Avec François on a commencé à s'aimer correctement quand la contraception a été légalisée et qu'on a pu me poser un stérilet, on ne pensait plus à autre chose quand on se touchait.

Avant Mai 68 il y avait bien le préservatif qu'on appelait capote anglaise, mais les pharmaciens refusaient souvent d'en vendre et, si on en trouvait, il n'était pas rare qu'on cache en vitesse la boîte dans un sachet en regardant le client comme un vicieux. Personne ne cherchait à savoir s'il vivait en couple, le mariage ne réglait rien à l'affaire quand on achetait des gadgets pornographiques !

Mais le pire, ce n'était pas ça. Est-ce qu'on pourra un jour dire que oui, les femmes s'avortaient entre elles et que certains hommes les aidaient ? Est-ce qu'on pourra un jour raconter comment les choses se passaient vraiment ?

On devait trouver un spéculum, ce qui n'était pas si simple. C'était un engin en fer assez archaïque qu'on introduisait dans le vagin, une sorte de demi-cylindre qui écartait le col de l'utérus pour qu'on puisse poser une sonde. Il suffisait d'introduire un corps étranger pour que l'avortement se déclenche naturellement. On attendait trois ou quatre jours avant d'avoir très mal au ventre, comme pour un petit accouchement. A ce moment-là on avait très peur, les précautions d'asepsie n'étaient pas toujours prises, surtout qu'on injectait en plus de l'eau dans le ventre. L'eau c'était pour aller plus vite, et comme la sonde retombait souvent il fallait parfois la poser quatre fois avant que la fausse couche s'enclenche. C'était un petit tube en plastique creux qui faisait doucement rentrer de l'air mais, comme on allait travailler avec, la sonde tombait parfois et il fallait recommencer. La cinquième fois on pensait à l'injection d'eau qui précipiterait les choses, mais s'il y avait une bulle d'air dans la seringue elle pouvait provoquer une embolie.

Une fois où François m'avait posé une sonde – parce qu'on se débrouillait tous les deux et que pour ça il n'était pas lâche – et qu'on avait décidé de précipiter l'affaire avec une injection, j'ai fait un malaise. J'ai cru que j'y passais.

J'ai senti mon cœur qui restait soulevé, pas très longtemps mais assez pour que je souffle de la mort.

Il n'y a pas eu que moi. On a eu beaucoup d'exemples autour de nous. Agnès aussi a failli y rester. Beaucoup de filles mouraient, toutes les filles le savaient. On racontait que certaines s'introduisaient des aiguilles à tricoter ou des branches de persil, on entendait beaucoup de bruits à ce sujet mais les rumeurs n'étaient pas toujours fausses. Moi je me suis toujours débrouillée en famille, on s'est prêté le matériel avec les belles-sœurs et ça crée des liens solides, mais comme on connaissait les dangers de l'opération on faisait bouillir longtemps les instruments. Ce n'est donc pas par manque d'asepsie qu'Agnès a failli y passer, mais à cause de l'injection faite par sa sœur qui a déclenché l'embolie. Elle a été hospitalisée en urgence, Agnès, mais elle s'en est sortie.

Tu vois, l'amour à cette époque-là était teinté d'angoisses.

On pensait à la souffrance à venir quand on couchait avec un homme, alors imagine comme les rêves se terminaient vite...

Mai 68, c'est l'amour bouleversé.

Mais c'est aussi la perte des responsabilités.

Tout avait donc chaviré dans la société. Les agriculteurs étaient venus en masse dans les usines construites aux abords des villes. Les yeux du village les ayant enfin quittés, ils découvraient les plaisirs de l'anonymat, mais loin de la tribu et des jugements plus rien n'avait d'importance. Les valeurs explosaient comme de vieilles baudruches et, parmi elles, la famille. Tout le monde s'est mis à divorcer.

Avant 68, il n'y avait que les intellectuels ou les bourgeois pour exprimer leurs angoisses existentielles et remettre en cause les liens sacrés du mariage, mais avec cette révolte spontanée, les ouvriers et les paysans se sont sentis autorisés à parler d'amour et de sentiments comme les privilégiés, si bien que toutes les têtes ont tourné avec ce vent de liberté.

C'était magnifique, mais il était inévitable de chercher longtemps le juste milieu après cette explosion de la parole. Beaucoup se sont perdus. Beaucoup ont divorcé parce que les nouvelles convenances l'imposaient.

Quand je suis devenue directrice de l'école primaire de Saint-Pierre-sur-Dives j'ai reçu des femmes qui se prenaient pour Liz Taylor parce qu'elles avaient aimé autant de fois que Cléopâtre. Je les recevais devant mon bureau et je leur disais en souriant : « Vous avez une vraie vie de vedette, du suspense et des rebondissements, plusieurs maris et des enfants de chaque père, mais n'oubliez pas de préparer le dernier pour l'école, il n'avait pas mangé ce matin. »

Pour savoir si un changement est profitable, il faut regarder les enfants.

Le carcan des règles nous avait tellement étouffés que Mai 68 est arrivé. C'était d'abord une réaction aux contraintes et aux ordres silencieux, aux *rentre dans le rang, obéis, ne discute pas*. Les vieux continuaient d'avoir toujours raison, de connaître la juste place des choses et l'ordre exact du monde, ils se trompaient. Après un mois d'émeutes et de folies, une autre façon de vivre s'est propagée comme la poudre.

Mai 68 c'était d'abord une exagération, trop de vapeur avait poussé le couvercle si bien que la casserole a brûlé. Puis on est passé de la dureté au laxisme, à l'abandon des structures et des formes imposées, à l'éternel doute des adultes désormais conscients de leur individualité, à l'abandon des êtres les plus faibles, c'est-à-dire les vieux et les enfants. On avait évolué.

François et moi on a eu de la chance, on ne s'est pas laissé tenter alors que beaucoup d'amis ont divorcé et l'ont conseillé aux autres. Là encore il a fallu faire preuve d'originalité, pour ne pas suivre le troupeau.

L'originalité c'est la détestation des groupes.

La vérité n'est jamais collective.

Ensemble, on s'endort dans de fausses certitudes.

Moi j'ai cherché seule si bien qu'on m'a toujours rejetée, je n'étais pas prise dans la spirale, je restais méfiante dès qu'on me jurait que là, je trouverais la vérité. J'ai préféré la liberté, j'en ai payé le prix, quand on est rebelle on s'expose aux représailles. A l'école primaire déjà on m'a donné des centaines de lignes à copier mais je sentais que l'encre coulait moins vite que le sang sous ma peau. Et puis on m'a renvoyée, de Rennes ou de Coutances. Ou on m'a dénoncée.

Je t'ai déjà parlé de cette lettre anonyme qui a failli me coûter cher quand je vivais maritalement avec ton père à Saint-Martin-les-Guyons. Et bien, à la fin de ma carrière, j'ai encore été confrontée à la diffamation.

J'avais pris la direction de l'école publique de Mézidon quelques années avant mon départ en retraite, parce que l'inspecteur d'académie m'avait prévenue qu'un petit militaire s'était proposé pour mener l'équipe des enseignants à la baguette. Connaissant mon goût pour les projets pédagogiques novateurs et mon respect convaincu de l'imaginaire des enfants, l'inspecteur m'a conseillé de chercher quelqu'un au sein de l'équipe pour empêcher la venue d'un inconnu dans le bateau, et il m'a demandé de réfléchir à cette proposition. Je réunis donc l'équipe, j'explique la situation, et je demande à chacun de poser sa candidature s'il le souhaite.

Comme aucun enseignant ne manifeste la volonté particulière d'occuper ce poste, je me désigne comme directrice de l'école. Quelques mois après, je décide de construire une bibliothèque et l'inspecteur s'engage dans cette aventure avec moi, il adore les livres et la poésie. Tout fonctionne à merveille, mais le jour de la sortie des classes il me prend à part : « Madame Lemière, je tiens à vous remercier pour votre disponibilité et votre aptitude à mener des projets pédagogiques, mais il y a une petite chose... » Je lui demande immédiatement de préciser sa pensée, il me regarde alors avec un air gêné et continue : « Non non, ce n'est pas si grave après tout... » J'insiste, évidemment, en lui faisant remarquer qu'il en a trop dit et que maintenant je veux savoir, si bien qu'il avoue enfin : « Pendant les vacances de Pâques, j'ai reçu une lettre anonyme vous concernant. »

Mon sang ne fait qu'un tour et je revois d'un coup la série des exclusions et des dénonciations que j'ai dû subir à cause de mon instinct de liberté, mais je réussis à me reprendre pour le questionner puisqu'il est dans la confidence. « Une lettre manuscrite ? » Il répond oui. « Ecriture aisée ou maladroite ? », il répond : « Aisée et sans faute d'orthographe », et quand je lui demande finalement le contenu de la lettre il la sort de sa poche et m'en lit un extrait.

Le corbeau demandait à l'inspecteur ma radiation du poste de directrice de l'école publique de Mézidon en invoquant des motifs extrêmement graves : j'allais faire l'école avec des minijupes et des décolletés tellement provocants qu'on se demandait si je n'avais pas l'habitude de faire le tapin, les parents d'élèves me prenaient d'ailleurs pour une putain et me soupçonnaient de me droguer avec la jeune remplaçante qui venait à l'école en rollers, une fille à problèmes que je soutenais parce qu'elle se faisait battre par son concubin...

L'inspecteur relève la tête en me disant qu'il ne s'agit là que d'un extrait des amabilités à mon encontre et, comme je me mets à rire, il se détend lui aussi. « Heureusement que je vous connais, madame Lemière, sinon on aurait déclenché une enquête et vous auriez été embêtée... », et pour me montrer qu'il n'accorde aucune foi à ces calomnies, il me demande ce qu'il doit faire de ce document. « Donnez-le-moi, monsieur l'Inspecteur, et je trouverai le coupable. »

Une fois qu'il est parti je lis l'ensemble de la prose qui est à vomir, et je remarque l'écriture qui évoque la dextérité d'une institutrice vieille France. Je fais rapidement le tour de mes collègues, j'en sélectionne trois qui résistent violemment à mes méthodes qu'elles qualifient de fantaisistes, et j'attends le mois de septembre pour continuer mon enquête. Je provoque la traditionnelle réunion de rentrée en prévenant au préalable quelques collègues acquis à mes idées de l'envoi de cette lettre anonyme et de mes intentions. Ils sont scandalisés, et décident de m'aider à trouver le coupable. Puis la réunion commence.

« Voilà, j'ai deux nouvelles à vous communiquer, une bonne et une mauvaise, par où dois-je commencer ? » Tous répondent : « Par la bonne » et je dis : « J'ai obtenu les palmes académiques cet été, et bien que cette distinction m'ait toujours semblé dérisoire, je dois avouer que j'en ai cette fois apprécié la valeur. » « Ah bon, pourquoi ? » questionnent-ils tous en chœur. « Parce que j'ai été la victime d'une lettre anonyme et que l'inspecteur n'en a pas tenu compte, la preuve. »

Blanc.

J'avais demandé à mes copains de surveiller attentivement les trois institutrices vieille France afin d'étudier leurs réactions. Deux d'entre elles ouvrent la bouche, la troisième se met à rougir et à trembler.

Alors je continue : « Si vous voulez, je peux vous lire un extrait de cette lettre anonyme, car l'inspecteur me l'a donnée. Il souhaite comme moi éclaircir l'affaire. » Je commence la lecture des monstruosités et quelqu'un m'arrête en disant : « Mais comment vas-tu t'y prendre pour retrouver le cinglé qui a écrit toutes ces horreurs ? » Je réponds donc : « C'est facile, j'ai demandé l'aide d'un graphologue. » J'arrête la réunion sur ce sujet et je demande qu'on passe à l'inscription des élèves. Chacun prend une feuille pour noter le nom des enfants dont il aura la charge et commence le travail, sauf Mademoiselle Ranera qui tremble encore de tout son corps et qui griffonne maladroitement quand je la regarde. Pour la première fois de sa vie, elle écrit de travers et fait beaucoup de ratures. Elle quémande une autre feuille, je lui en donne deux et continue à la surveiller. Elle prend une feuille vierge et se trouve incapable d'écrire. Les copains me jettent des regards entendus. On tient sans doute la fautive mais on se sépare sans rien dire.

Le lendemain c'est la rentrée, et Mademoiselle Ranera arrive les yeux dans les chaussettes, je fais celle qui ne voit rien et me plonge dans le travail administratif. Mais le soir, quand je traverse le parking de l'église vers cinq heures et demie, je la trouve près de ma voiture, elle m'attend. « Madame Lemière, est-ce que je peux vous parler ? » Je rétorque : « Ah bon, parce que vous avez des choses à me dire ? », et elle reprend en se tortillant :

« Oui mais pas là, il faut que vous entriez dans ma classe. »

Je la suis et je regarde son petit dos de femme seule et maladive. Quand on arrive dans son petit univers bien rangé, elle craque : « Je sais que vous savez, oui c'est moi qui ai écrit cette lettre... J'ai vraiment fait quelque chose de très mal », et elle se met à pleurer. Après quelques sanglots elle rajoute : « Donnez-moi cette lettre, je veux qu'on la déchire », et je dis : « Certainement pas, je la garde, c'est une preuve qui vous empêchera peut-être de recommencer. » Alors elle reprend sa litanie : « Oui mais qu'est-ce que vous allez en faire madame Lemière, je vous préviens que si tout le monde apprend ce que j'ai écrit, je vais me tuer. » Et elle pleure encore jusqu'à sept heures vingt et c'est à moi de la consoler.

Entre ses hoquets elle m'avoue qu'elle a toujours été jalouse de moi, parce que je suis mariée et que mes deux enfants ont réussi, que je suis toujours séduisante, que j'ai tout ce qu'elle n'a pas. Elle me parle de sa triste vie avec sa vieille mère et m'avoue qu'elle aurait toujours rêvé de finir sa carrière en tant que directrice. Quand j'en ai vraiment assez de l'entendre s'épancher je lui propose un marché : je garde la lettre mais je ne parle à personne de ses aveux et je continue à lui faire la bise le matin comme si de rien n'était. Mais elle continue à finir ses phrases en certifiant qu'elle va se tuer une fois qu'elle m'aura tout dit. Résultat : j'ai une crise de foie terrible à cause de cette pauvre fille, parce que le lendemain est un jour de congé et qu'elle est assez idiote pour passer à l'acte une fois qu'elle sera livrée à elle-même, et je pense que ce serait affreux d'avoir à le porter, ce poids, toute ma vie.

Le jeudi matin je me précipite à l'école en espérant la voir, et je la trouve sur le parking. « Madame Lemière venez chez moi, j'ai quelque chose pour vous », et elle me sort une immense gerbe de fleurs pour se faire pardonner...

Après cette histoire, Mademoiselle Ranera a été docile comme un petit chien, elle me craignait, mais pour moi c'était encore une fois la même histoire.

La même histoire.

Tu te souviens du p'tit Marie ? C'est la pire situation qu'il m'ait été donné de vivre en tant que directrice d'école. Le p'tit Marie, c'était un enfant du bocage, le fils d'un postier connu pour sa violence. Il buvait, le père, à n'en plus pouvoir.

Un soir après la classe, le p'tit Marie a disparu. Il était minuit quand la gendarmerie a appelé à la maison pour me prévenir. C'était un soir d'hiver où la terre gèle, où les bêtes souffrent dehors, un soir à engelures. Alors j'ai couru dans la nuit pour chercher le p'tit Marie, il m'aimait bien ce gosse, alors à moi il allait répondre, et j'ai appelé, j'ai appelé vingt fois, trente fois, mais personne, alors que je le sentais là, près de moi.

On l'a cherché dix jours et dix nuits, le p'tit Marie. Et le village réalisait ce que le père avait dû faire pour que la nuit paraisse moins froide que la maison. Moi je l'imaginais tout le temps, je le voyais recroquevillé dans des ronces ou bien tapi sous un tas de bois à regarder des fenêtres allumées. J'en rêvais aussi la nuit, quand je réussissais à dormir. Je ne pouvais pas supporter qu'un gosse dorme dehors, dans le froid, à cause d'un adulte.

J'ai finalement aidé les gendarmes à le retrouver, le p'tit Marie. Je leur ai dit qu'il n'était pas très loin de la maison parce que mes pressentiments me trompaient rarement. Ils l'ont retrouvé près de la forêt, sur un lit de ronces. C'était bien l'image qui ne me quittait pas. Ses mains et ses pieds avaient gelé, on a dû l'amputer mais il a réappris à marcher. Je le sais, j'ai suivi son itinéraire de l'hôpital au foyer pour l'enfance puis je l'ai perdu de vue.

Ma mère je l'ai retrouvée mais ça a pris du temps.

Elle a cheminé dans sa tête, je l'ai attendue longtemps.

Elle a donné à sa vie la forme de la ligne droite à cause de son enfance, il fallait bien rester debout pour continuer d'avancer. J'ai toujours admiré sa force, mais j'ai souffert de ce destin rectiligne. Je dépassais du rang, j'aurais pu disparaître, surtout qu'on ne discutait pas à l'époque. Mais elle a décidé de te parler après tant d'années de silence.

Maman ne sait pas tout ce que je viens de te dire, mais elle a maintenant le cœur ouvert, et les explications ne sont plus nécessaires.

J'aimerais vieillir comme elle, dans cet esprit de tolérance.

Maintenant que Maman a tout vécu, tout supporté, elle peut enfin entendre.

On ne sait rien de ses proches.
Moi aussi j'en ai appris sur Traviole.

Quelles traces ont-elles laissées, ces vies, sur mon chemin ? Comment s'est-elle trouvée, ma voie ? Est-elle libre, ma voie ? Est-elle toute à moi ?

Bouchon

Je me suis toujours raconté des histoires.
Mon premier souvenir, je l'ai inventé.

Nous vivons alors au Val-de-la-Haye, dans la banlieue de Rouen. C'est un village mangé par la fumée des usines qui me fait tousser, papa et maman parlent souvent de déménager. J'ai trois ans. Je fais des courses avec maman dans une petite épicerie du bourg et nous portons les provisions tout au long de l'escalier qui mène à l'appartement de l'école. A peine arrivée dans la cuisine, maman s'exclame : « Zut, j'ai oublié le sucre », puis elle me regarde avec un drôle d'air et me dit : « Mais toi tu pourrais retourner à l'épicerie... Tu diras au monsieur que je passerai le régler demain. »

Juste après l'escalier, je ne reconnais plus rien. Les rues du village sont plus longues que tout à l'heure, les maisons que je croise ont changé de couleur et les magasins ont disparu. Je tourne d'un côté, je reviens de l'autre et je me fais une raison, en quelques minutes la ville s'est transformée.

Une maison jaune a poussé sur un carré de pelouse, des baraques se sont empilées près du grand carrefour, le clocher de l'église s'est mis à pencher, les rues bougent dès qu'on les quitte.

Je retrouve avec difficulté la cour de l'école. Heureusement, notre appartement est resté à la même place, au-dessus du préau. Comme j'ai les mains vides, maman fronce un peu le sourcil mais je dis tout de suite : « Toutes les rues se sont emmêlées, plus rien n'est comme avant. »

Maman sourit et répond : « Tu t'es certainement trompée de chemin. »

Cette incrédulité me déplaît, je dois recommencer mon récit. Je répète que si je me suis perdue dans le village, c'est qu'il a changé. Maman acquiesce, elle croit enfin à mon histoire.

Quand je suis perdue je ne pleure pas, je dis des mots.

Des mots trop grands.

Des mots qui ne sont pas toujours les miens.

Comme j'habite l'école je reste toujours dans la classe, maman est à côté, elle prépare le cours de demain. Je rêve de passer la barrière et de sortir seule dans la rue, comme les autres, mais ce n'est pas possible, je n'ai pas d'autre endroit où aller. Je me dis que je suis obligée de passer toute ma vie à l'école parce que ma mère y travaille.

Ce soir-là, je regarde la maîtresse qui trace des lettres sur le tableau. La maîtresse remarque enfin ma présence, elle me demande de lire le son que les grands apprendront demain en me prévenant que c'est difficile puisqu'il y a deux lettres. Je vois *ch* et je lis le son *chhhh* en rajoutant : « *Chhhh*, c'est le début de chut. » J'ai déjà mis ce son dans ma bouche, je le connais bien.

Alors la maîtresse parle à ma mère dans le couloir. J'ai un peu peur, mais on me prévient finalement que je suivrai désormais le cours préparatoire parce que je suis en avance. Ma mère rajoute à la maîtresse qu'elle ne fera rien pour me pousser et que je redoublerai si je ne suis pas heureuse. Quand elles sont toutes les deux penchées vers moi, je mets un doigt sur ma bouche et je prononce encore le mot magique : « Chut. »

J'ai déjà quitté deux ou trois maîtresses et je sais lire quand on me donne un nouveau livre de classe où habite un petit personnage appelé Bouchon. Bouchon connaît les écureuils et s'abrite sous les arbres multicolores de la forêt, on dirait un lutin. A chaque page qu'on tourne il lui arrive une aventure, Bouchon a beaucoup de chance.

Un jour de cette année-là – je suis assise près de la fenêtre aux géraniums –, l'institutrice me demande de lire à voix haute un épisode de l'histoire. Bouchon a planté un gland, un petit chêne est né. Je suis sagement les lignes du texte et tout à coup je suis prise par une force qui me dépasse. Je dis : « Le petit arbre poussait, poussait, poussait », trois fois le verbe au lieu d'une, et je sens tellement le mot tourner que je deviens Bouchon.

Quand j'arrête de lire je reçois du silence. Tout le monde m'a écoutée et je crois avoir ému l'assistance. Mais dans la cour de récréation toutes mes illusions tombent : « Oh le p'tit Bouchon, oh le p'tit bébé... Le p'tit Bouchon à sa maîtresse, le p'tit Bouchon à sa maman... »

On a sifflé mon premier moment de théâtre.

Et puis tu es arrivée au Val-de-la-Haye, toi, Lisa.

Je n'ai pas remarqué que maman a tellement grossi, seulement qu'elle est fatiguée. Le soir elle m'envoie trop vite dans la chambre et j'ai peur des fenêtres noires depuis qu'elle m'a raconté l'histoire du Père Noël qui passe dans la nuit pour surveiller les enfants. Maman ne me prend plus sur ses genoux, elle me caresse rapidement le front et reste des heures assise sur le tabouret jaune de la cuisine.

Un jour, elle part.

Papa me dit que maman reviendra avec un petit frère.

J'attends. Je prépare des jouets. J'assois deux poupées sur des chaises, une fille pour moi, un garçon pour toi. Devant eux, je pose les assiettes de ma dînette que je viens de remplir de sucre et de persil. Et j'attends.

Papa m'emmène tous les jours au restaurant. La dame qui a l'air de connaître papa fait voler de grandes nappes à carreaux. A chaque fois, ça fait crier les oiseaux jaunes enfermés dans la cage. Il y en a un qui revient sur la balançoire quand je m'approche, c'est mon ami cet oiseau-là. Pendant ce temps, papa et son ami bouclé boivent des verres en parlant trop fort. Un soir, papa m'emmène chez le garagiste, on va admirer notre prochaine voiture, la 3 CV break de chez Citroën. C'est un nouveau modèle.

Puis maman rentre. Avec toi. Mais elle n'est plus vraiment là. On dirait qu'elle n'est pas complètement revenue. Elle est toujours allongée, elle semble épuisée. Et toi tu cries et tu pleures tout le temps, j'espère bien qu'on va te gronder pour te faire comprendre les bonnes manières mais au lieu de ça des gens viennent et te regardent et te sourient et te disent que tu es belle, n'importe quoi. Ce n'est même pas vrai. D'ailleurs tu ne sais rien faire, ni bouger ni parler ni jouer.

Avec toi je n'ai pas trouvé de copain. Et puis tu m'as volé mon père et ma mère qui m'ont bien menti avec leurs histoires à dormir debout, en fait j'ai attendu pour rien. Pour rien. Tu n'es qu'un petit machin.

Alors je décide de me tuer.

Nous vivons sur la tête des voisins, au-dessus du préau où je ramasse des chewing-gums écrasés qui craquent sous mes dents à cause des graviers collés. Je prends une chaise et je la pose en haut de l'escalier. Puis je saute la tête la première.

Je veux du sang et peut-être un bras cassé – je rêve depuis longtemps d'un plâtre – et mes parents seront bien embêtés. Ils seront obligés de comprendre que j'ai mal et que tout doit redevenir comme avant. Que le bébé n'est même pas intéressant. Mais ça ne marche pas. J'ai la tête dure.

Quand ils se précipitent j'ai seulement gagné des bleus, c'est insuffisant. Alors je dors et au réveil on me sourit. On m'assure que tu grandiras, que je serai bientôt heureuse d'avoir une sœur mais qu'il faut attendre. C'est sans fin d'attendre, sans fin.

Mais aujourd'hui c'est à toi que je parle, à toi ma sœur, Lisa.

Tu te souviens comme moi de la voiture.

On se dispute souvent quand on part en voyage. Maman veut aller vers la mer, papa vers la montagne, et nous on ne sait jamais quoi voter, on a envie des deux. Alors maman se montre énergique, elle fait voler les affaires de plage, les chaussures de montagne et les pull-overs dans toute la maison, et dès que papa les a rangés pêle-mêle dans le coffre de la voiture elle s'installe sur le siège passager en faisant claquer la portière. Et des gros mots elle en dit, en attendant papa. Car papa se lave toujours les pieds avant de prendre le volant, il dit qu'il est important d'être propre en cas d'accident, et ça l'énerve encore plus, maman, de rester plantée devant la porte de la maison et de l'attendre alors qu'on ne sait toujours pas où on va. On se dispute jusqu'au Mans, c'est là qu'il faut choisir entre les Alpes et la Bretagne, on a discuté jusqu'au bout mais maintenant les routes se séparent, on n'a plus le choix, et de toute façon on aura d'autres discussions quand il s'agira de trouver la maison de nos rêves, puisqu'on n'a pas réservé.

A quatre on bouge facilement, on se sent libres.

Du siège arrière de la 3 CV je regarde les épaules de mes parents. Lisa avance la tête et se fait renvoyer à sa place, elle bouche le rétroviseur. Quand elle est revenue près de moi, nous parlons du mystère des cicatrices.

Maman a deux traces sur le bras gauche. La première est la marque d'un vaccin, c'est un cercle enfoncé qui donne vraiment peur des piqûres, mais l'autre est inexplicable, d'autant plus que papa a la même sur le bras gauche. On voit la chair boursouflée, la trace d'une blessure, mais les parents ne veulent rien nous dire de cet accident. Au lieu de se plaindre, les parents rigolent, allez savoir pourquoi.

Un jour, ils nous disent la vérité : papa a entaillé le bras de maman avec une lame de rasoir et elle a lui fait la même chose, c'était pour mêler leurs sangs avant le mariage à la mairie.

Ce sont donc les histoires d'amour qui laissent des cicatrices.

Quand nous grandissons, nous partons très loin avec la voiture. Nous quittons notre maison le jour de la sortie des classes et nous partons en Yougoslavie ou en Grèce. Au bout d'un chemin cahoteux de l'île d'Eubée, des villageois nous accueillent en nous lavant les pieds de la poussière de la route. La famille s'émerveille et je suis chargée d'écrire ces récits au dos des cartes postales que nous envoyons aux membres de la famille, à défaut de les voir souvent.

Une nuit, maman fait un rêve prémonitoire, elle dit que Maman-Lise lui a parlé avant de disparaître dans un gouffre noir. Je pense aux récits de voyage que j'ai envoyés à mon arrière-grand-mère, j'ai peur qu'elle ne les lise jamais.

Le voyage se prolonge, j'écris encore des mots pour elle, je la tiens au courant de tous nos déplacements et je note soigneusement mes impressions à propos des paysages et des gens que nous croisons, je l'imagine me lisant.

Début septembre, nous apprenons qu'elle est morte et déjà enterrée. La liberté a donc un prix, nous sommes quatre enfants coupables.

Quand on me parle de mort ou de vieillesse, je pense à Jeanne d'Arc.

Nous avons quitté le Val-de-la-Haye où Lisa et moi devenions grises à cause de la pollution et nous sommes installés dans un lycée agricole blotti dans une forêt où papa enseigne l'anglais bien qu'il déteste les Anglais, leur puritanisme et leur hypocrisie surtout. Maman est nommée à l'école publique de Mézidon où nous sommes élèves. Je suis en première année de cours élémentaire et rien ne va, plusieurs maîtresses se succèdent cette année-là.

Je ne me souviens plus du visage de celle qui m'a un jour parlé de Jeanne d'Arc, seulement d'un gros corps qui m'apparut en contre-jour dans un baraquement. Cette femme fait un cours d'histoire, elle raconte que Jeanne d'Arc a été brûlée sur un bûcher, vivante. Elle situe cet épisode sur une place de Rouen que je connais très bien, je suis contente d'avoir déménagé. Je ne peux pas comprendre que des hommes aient un jour pu commettre un acte aussi barbare et je vois les flammes sur le corps de la jeune femme jusqu'à sentir la brûlure.

Jeanne d'Arc m'empêche de dormir la nuit.

Je ne parle de rien à mes parents, je suppose qu'ils n'ont pas le pouvoir de me rassurer puisque cet événement est *vraiment* survenu, le 30 mai 1431. Il me semble tout connaître de cette histoire, le lieu où elle s'est déroulée, la date – Lisa est née le 30 mai d'une autre année à Rouen – et même la sensation du feu. Le feu je le vois chaque nuit, il m'empêche de dormir.

C'est toujours la même image qui s'impose à moi quand je suis près du sommeil, une vision terrifiante qui se développe selon une logique implacable. Je ressens d'abord une sorte de vertige comme si un abîme s'ouvrait sous mes pieds et puis le noir de la chambre m'emplit d'un coup. Juste après, une ronde de flammes entoure des êtres qui se tordent sous l'effet de la chaleur. Je m'approche du cercle et je reconnais des personnes qui me sont dans la vie indifférentes, la silhouette de passants ou de voisins, mais la vision augmente avec l'intensité des flammes et prend la forme d'une spirale infernale.

Plus près de l'axe brûlant, je distingue le cortège de mes cousins, de mes oncles, de mes tantes puis de mes grands-parents, et quand j'atteins le centre ce sont les plus proches que je vois prisonniers du brasier, Lisa, François et Irène.

A la toute fin, je tombe dans le feu avec eux. C'est là que je sors enfin de l'image. Cette impression m'emmène avec la précision d'une machine et je n'y peux rien, elle est si puissante qu'elle m'oblige à la suivre.

De cela, je ne dis rien à personne.

Je ne veux pas entraîner mes parents dans ce gouffre, je ne veux pas leur avouer que je les sens fragiles et mortels, que je connais leurs limites. Et je me répète que, si on a pu brûler Jeanne d'Arc, il vaut mieux s'habituer au mal.

J'ai une amie à l'école, elle s'appelle Hélène. Sa beauté me fascine, une longue chevelure noire navigue sur son dos et ses yeux sont aussi sombres que sa peau est blanche. Devant elle je me sens maladroite, je rêve de lui ressembler. Hélène a une sœur jumelle qui me semble moins parfaite, j'aimerais prendre sa place.

Un jour, Hélène m'annonce que ses parents vont déménager et l'emmener très loin, dans le sud de la France. Je lui demande si je la reverrai quand même, elle me répond que non, plus jamais. Elle ajoute qu'elle va me dire un secret : « Mon père ne veut plus qu'on nous retrouve, il a très peur que notre nom nous attire des ennuis, Lévy c'est juif tu sais, alors je vais m'appeler Mercier et personne à Cannes ne saura plus d'où on est venus... »

Dans la cour de récréation Hélène m'apprend que pendant la guerre la moitié de sa famille a disparu dans des chambres à gaz et que son père, un docteur de Mézidon, a encore très peur du bruit des avions. Elle dit : « Pour lui c'est toujours la guerre parce que sa mémoire est trop grande. » Elle ajoute que son père a décidé d'acheter un nom français même si ça coûte beaucoup d'argent parce qu'il veut enfin dormir tranquille quand il pense à ses filles.

Hélène n'a pas vécu la déportation mais elle connaît le mal qui habite son père. Hélène pleure parce qu'on va l'emmener très loin sans espoir de retour.

Je me sens juive.

Hélène disparaît à la fin de cette année-là.

On me laisse à la ferme pour les petites vacances, au grand air. L'hiver, la nuit tombe vite mais il faut quand même aller traire les vaches dans les champs.

« Pas assez froid pour l'étable », a dit Pépère.

Je me souviens de ces nuits où j'entends le bruit du lait qui éclabousse le seau en métal, pchitt, pchitt, pchitt, pendant que Mémé Sanspeur écrase sa tête contre le flanc de la vache et qu'elle presse le pis avec les quatre doigts de sa main droite. Pour tirer le lait, il faut attacher la queue à la patte de la vache qui bouge pendant la traite. J'écoute encore le bruit, pchitt, pchitt, pchitt, et on se met à parler.

Mémé Sanspeur me montre les étoiles et dit :

« C'est tellement beau que c'est pas venu tout seul, j'espère que ça au moins on te l'a appris.

– Quoi, Mémé Sanspeur ?

– Ben le ciel, la Création... tu crois peut-être que t'es née dans un chou et que tout ça s'est fabriqué tout seul ?

Y a pas trente-six solutions, faut croire en Jésus. Tiens, bois un peu de lait... »

Mémé Sanspeur me force à boire le liquide encore chaud qui m'écœure et me semble un avant-goût de la mort. Quand j'avale d'un trait, j'ai l'impression d'être prisonnière du ventre de la vache et d'étouffer puis j'entends de nouveau le bruit du lait qui coule sur le tranchant de sa main et éclabousse le sol près des flaques où le monde se renverse.

Au cul des vaches, Mémé Sanspeur me parle de l'Enfer. Elle me dit qu'être païen comme mes parents, ce n'est pas une solution. Elle ajoute que l'Enfer, c'est un truc qui te brûle toujours.

Puis elle m'emmène avec ma sœur à l'église : « Vous aurez un pain au chocolat si vous reprenez au refrain en même temps que moi. » A la fin de la messe, elle nous conduit dans le presbytère. On entre dans une pièce aux murs de granit, un homme en noir nous guette, un homme sans femme, sans enfant, sans histoire. Le curé ne nous propose rien à manger ou à boire, il nous dévisage et pose ses grosses mains sur nos têtes en grommelant des paroles. Derrière lui, j'aperçois le Christ sur sa croix. A moitié nu, il pleure des larmes de sang.

Quatre fois Mémé Sanspeur effleure sa bouche au nom du Père, du Fils et du Saint-Esprit et j'imagine qu'elle mange ses peines. Le curé marmonne encore au-dessus de nos têtes, puis il ouvre les yeux et dit que le mal a été exorcisé.

Je regarde encore le Christ, il est si beau. Le curé dit qu'il n'y a plus de problème, que si nous mourions maintenant au Mesnil-Tôve on pourrait nous enterrer dans le cimetière et non au fond du courtil comme des chiennes.

Lisa pleure un peu, je me demande si ses larmes vont prendre la couleur du sang.

Un soir où nous allons chercher les vaches dans le champ en passant par l'allée des châtaigniers, Mémé Sanspeur pose son bâton, lève sa jupe et se met à faire pipi. Elle aime bien s'accroupir dans la nature, et quand je l'imite elle me sourit. C'est rare, à cette époque-là, de la voir s'arrêter quelques minutes, on dirait qu'elle est toujours poursuivie par un taon qui veut la piquer. Comme elle me semble de bonne humeur, je lui pose la question qui me brûle les lèvres :

« Pourquoi est-ce que tu ne m'as pas connue quand j'étais toute petite ? Il paraît que tu étais fâchée avec mes parents.

– Quand on remue la merde, elle sent mauvais. »

Je comprends vite qu'il vaut mieux aller chercher les vaches, les ramener à l'étable et couper les betteraves en quatre sans dire un mot de plus sur le sujet.

Quand je parle à mon père de l'Enfer, il me dit de rire de ces balivernes de bonne femme. Quand je lui demande ce qu'il y aura après, il me rassure à sa manière : « Tu te souviens du corbeau mort qu'on a trouvé dimanche avec Lisa ? Eh bien, pour nous ce sera pareil, un peu de matière rendue à la terre, rien de plus. » Et quand je le regarde de mes grands yeux, il me récite un fragment d'*Une charogne*, de Charles Baudelaire :

Rappelez-vous l'objet que nous vîmes, mon âme,
Ce beau matin d'été si doux :
Au détour d'un sentier une charogne infâme
Sur un lit semé de cailloux,

Les jambes en l'air, comme une femme lubrique,
Brûlante et suant les poisons,
Ouvrait d'une façon nonchalante et cynique
Son ventre plein d'exhalaisons.

Poussin de Haie

Le soleil rayonnait sur cette pourriture,
Comme afin de la cuire à point,
Et de rendre au centuple à la grande Nature
Tout ce qu'ensemble elle avait joint ;

Et le ciel regardait la carcasse superbe
Comme une fleur s'épanouir.
La puanteur était si forte, que sur l'herbe
Vous crûtes vous évanouir.
…
Et pourtant vous serez semblable à cette ordure,
A cette horrible infection,
Etoile de mes yeux, soleil de ma nature,
Vous, mon ange et ma passion !

J'ai toujours écrit, je crois, dans ma tête ou sur des pages de cahier, et je me souviens du premier texte qui me sembla un roman. C'est une histoire de corbeaux. Une famille de corbeaux vit dans un arbre. Le papa Corbeau a bien de la peine avec sa petite Corbette qui ne réussit pas à voler de ses propres ailes parce qu'elle éprouve un grand vertige face au vide.

A tout problème je dois trouver une solution, c'est du moins ce que ma mère m'a appris.

J'entrevois une merveilleuse échappée au sujet de la mort quand on me parle de littérature et de certains écrivains qu'on dit immortels.

Le jour de l'entrée en sixième, le professeur de français gare son solex devant la porte et pose une vieille fourrure sur le bureau. Avant qu'un enfant ait eu le temps de ricaner il se tourne vers l'assemblée et dit : « Quand vous me verrez habillé de cette façon – c'est-à-dire tout le temps –, j'exige que vous m'appeliez Nounours. Sachez également que j'aurai souvent des trous sous les manches de mes pull-overs, ma femme aimant à me répéter que ce n'est pas à elle de s'occuper de mes affaires. Maintenant que l'essentiel est dit, nous pouvons commencer. »

Il est jeune, beau et parle bien aux élèves. Il dit son prénom et son nom, Nathan Labruze, c'est la première fois que j'entends un enseignant dire son prénom devant une classe. Puis il distribue la fiche habituelle de présentation de l'élève, mais à la question : « Quel métier souhaitez-vous éventuellement exercer ? » il précise qu'il attend de lire des rêves plutôt que des projets raisonnables.

Je crois avoir trouvé mon interlocuteur et j'écris sous la rubrique métier *accadémicienne*, ce qui est une marque de confiance puisque j'avoue ainsi mon désir d'accéder à l'immortalité par l'écriture.

Nathan Labruze relève ma fiche en passant, je le vois sourire. Puis il me dit avec un grand sérieux : « Votre position de femme sera peut-être une entrave à votre carrière mais ce n'est rien à côté du reste : commencez par enlever un *c* au mot académicienne ou tous vos rêves s'effondreront. »

A l'école, le doute ne pardonne pas.

Cette année-là, les élèves de sixième font leur communion. La seule à ne pas faire sa retraite avant le grand jour, c'est moi. Et tout le monde le sait, on me montre du doigt.

Nathan nous demande de sortir nos cahiers de textes. Pour le lendemain il demande de se procurer le premier livre que nous lirons en sixième, il s'agit du *Candide* de Voltaire. « C'est un conte philosophique du XVIIIe siècle. Certaines pages pourraient heurter vos esprits sensibles, il est donc interdit de lire le chapitre intitulé "L'histoire de la vieille" où vous apprendriez les choses de la vie, mais vous comprendrez comment le pauvre Pangloss fut un jour victime de l'Inquisition, certains hommes d'Eglise n'ayant pas hésité à torturer en se réclamant de Dieu. »

Je crois que j'ai trouvé un allié, mais au moment de la récréation je déchante. Je m'approche de Marie-Laure Cauvret, elle se détourne ostensiblement de moi. De Marie Pivoine, même chose. De Christine Dinot, elle hausse les épaules et m'annonce la nouvelle : « Le curé nous a demandé de te mettre en quarantaine. »

Comme je l'interroge encore des yeux elle explique que les catholiques accueillent l'Esprit-Saint dans leur cœur avant la communion, ce que je ne peux partager avec les autres vu ma situation. « Le curé pense que tu peux avoir une mauvaise influence sur nous, c'est tout ce que je peux te raconter, je n'ai pas le droit de t'en dire plus. Bref, personne ne doit t'adresser la parole pendant quarante jours. »

Quarante jours c'est très long.

La récréation passe lentement. Quand je m'approche des filles elles reculent et se parlent à voix basse, quand je regarde les garçons ils sourient avec un air gêné. Même Philippe qui m'offrait pourtant des bouchées Mon Chéri dans des poèmes d'amour me fuit maintenant.

Au bout d'une dizaine de jours je n'y tiens plus. Je m'approche de mes anciennes copines et je quémande : « On peut se reparler maintenant ? » C'est Christine Dinot la plus cruelle : elle me toise avec un air pincé et répond : « Ce n'est pas encore fini, tu n'en es qu'au *t* de quarantaine, quand tu l'auras bien digéré on verra. »

A peine l'histoire de la communion terminée – tout le monde fait passer sa photo en tenue blanche sous le couvercle des pupitres – on trouve d'autres sujets de brouille. C'est ma mère qui fait mes leçons et surtout les rédactions dont Nathan lit des extraits en classe. C'est mon père qu'on a entendu à la radio l'autre soir, il ne chante pas si bien que ça d'ailleurs.

Comme je veux m'expliquer, dire qu'on vit la même chose que les autres en définitive, j'aggrave mon cas. « Hier, quand je me lavais avec mon père dans la salle de bain, nous avons parlé de... » Je n'ai pas le temps d'aller plus loin, les rires fusent et j'ai peur, j'ai dû parler comme on ne doit pas mais j'ai beau chercher, me mettre à leur place, je ne comprends pas ce qui a bien pu déclencher la fureur.

« Tu veux dire que... tu veux dire que tu vois ton père à poil ?

– Ben oui, pourquoi ?

– Le problème avec toi, c'est que tu inventes toujours des histoires...

– De toute façon, Lemière elle ment toujours. »

Au moment des récréations je passe souvent devant un tribunal. C'est Marie Pivoine qui prend le commandement des opérations. Elle me dit :

« Vas-y, parle... Qu'est-ce qui s'est encore passé dans ta famille ? Alors c'est vrai que ton père connaît Georges Brassens ? »

Je ne vois pas le piège, je donne des informations complémentaires et Marie conclut : « Eh bien, tu vois on n'est pas du même monde, moi mon père il fabrique des boîtes de camembert à l'usine, alors le mieux c'est qu'on ne se parle plus. »

Ça dure un jour ou deux, parfois plus longtemps selon la gravité du motif. Le pire, c'est quand on me prend à discuter avec un garçon.

Les garçons c'est nouveau, il n'y en avait pas à l'école

primaire et les filles répètent qu'on était bien plus tranquilles à cette époque-là.

Marie Pivoine ne plaît pas beaucoup à la gent masculine, elle a un visage en forme de serpe et des yeux mornes et sévères, mais elle fait régner la terreur sur le groupe des filles. Le jeu, c'est de faire des secrets. On parle des garçons, qu'on dit ou bien débiles – ils courent dans tous les sens –, ou bien salauds – ils cherchent à avoir les filles. Celles qui sortent quand même avec eux, on les traite de putains.

Le problème c'est que je plais aux garçons. Je reçois beaucoup de mots, j'en retrouve même dans la couverture de mes livres, mais je reste farouche comme on me l'a recommandé.

Un jour, Philippe qui se désole de ma froideur me fait passer une lettre, il a écrit :

Tu aimes les fleurs
Mais tu leur coupes la queue
Tu aimes les poissons
Mais tu leur coupes la tête
Tu aimes la pluie
Mais quand il pleut tu fermes la fenêtre
Moi j'aurai peur quand tu me diras enfin
Je t'aime

Je trouve ce mot bizarre, je le range quand même dans une boîte. De toute façon ce n'est pas Philippe que j'aime mais Vincent.

Vincent est encore à l'école primaire, juste derrière les grillages. J'espère qu'il travaille bien à l'école et qu'il me rejoindra vite au collège. Pour le voir il faut traverser la pelouse et les filles n'aiment pas salir leurs chaussures, on peut donc se donner rendez-vous mais on se loupe souvent, on oublie de se donner des jours précis et des heures, on n'a pas encore de montre.

Un jour il me dit qu'il m'aime et je sais tout de suite que ce n'est pas pour se moquer de moi. On s'aime deux ans sans se voir en entier, le grillage nous raie la figure mais on s'en fiche, on se devine, et un beau jour Vincent me rejoint au collège. Dans la cour il s'approche de moi, mine de rien, et me murmure : « Maintenant on va marcher ensemble le samedi midi. »

Je sais que des couples s'embrassent sur la joue dans la classe de sixième B, le samedi il n'y a qu'un pion et il surveille la cantine, les amoureux ont donc un peu de temps pour eux.

Avant d'accepter le rendez-vous je prends des garanties. Je demande à Vincent de m'écrire un mot en faisant figurer certaines mentions obligatoires : il doit noter I LOVE YOU à la place de JE T'AIME (tout le monde ne comprenant pas encore l'anglais), m'indiquer le nom, le prénom et la profession de ses parents sous leurs photographies d'identité afin que je puisse me faire une idée précise des gens que fréquente mon fiancé. Je lui recommande également de coller son portrait à côté de celui de ses frères et sœurs éventuels et je fais remarquer qu'en définitive je ne sais encore presque rien de lui. Je l'invite également à me laisser son adresse précise, j'ai seulement appris par ma mère que les Lafève habitent Percy mais je ne sais pas si c'est loin de Mézidon et s'il est possible de m'y rendre à vélo. Viennent ensuite des questions secondaires concernant l'agencement de sa chambre ou ses occupations à la campagne, et une injonction finale à conclure en toute liberté sur l'étendue de son amour.

Vincent me répond tout de suite, il a collé des photos et dessiné un plan pour arriver chez lui, comme je le lui ai demandé. Ses parents sont agriculteurs, on dirait des vieux, il a un frère et une sœur mais il n'a pas trouvé de portraits d'eux dans les tiroirs, il m'aime (I LOVE YOU), mais nous habitons à vingt kilomètres l'un de l'autre et il ne sera pas facile de nous voir en dehors de l'école.

Je rêve alors d'habiter dans les HLM de Mézidon comme toutes mes copines, ce serait plus simple que dans un pavillon enfoui dans une « végétation antivoisins », comme dit mon père qui plante toujours des arbres.

Je voudrais être moins seule.

Je ne raconte plus rien à l'école, je n'ai pas envie d'avoir d'autres problèmes. Je ne dis pas que Nathan Labruze est venu à la maison dès qu'il a croisé ma mère, il a eu un drôle d'air et il a frissonné comme s'il avait très froid d'un coup, je l'ai trouvé bizarre, moins sûr de lui que d'habitude, et le soir même je l'ai vu arriver en solex près de notre maison, à cinq kilomètres de Mézidon.

Mon père lui ouvre la porte, Nathan dit qu'il vient d'être nommé en Normandie et qu'il ne connaît encore personne, il vient de Paris. On l'invite à s'asseoir dans le canapé vert et il devient tout de suite ami avec mon père, il ne regarde plus ma mère, il ne lui parle pas, on dirait qu'il ne la voit même pas.

Le lendemain, Papa raconte que Nathan est extraordinaire mais qu'il a eu du mal à rentrer chez lui à solex, après tout le whisky qu'il a bu.

Maman sourit.

Comme je me trouve obligée de me taire, je me prends de passion pour les animaux.

Avec une pièce de dix francs que Maman-Lise m'a donnée pour m'offrir des friandises, j'achète un petit chien. Je sais que Maman ne sera pas contente, elle jure que jamais plus elle ne s'occupera d'une bête et qu'elle en a trop fait quand elle était enfant, mais je ne peux pas m'en empêcher, j'achète au marché un petit chien noir aux yeux jaunes. Maman ne dit pas grand-chose, jusqu'au moment des vacances.

Quand arrive l'été on emmène Dapi chez Mémé Sans-peur, la grand-mère ne se promène jamais bien longtemps et nous partons en Grèce. A notre retour, je suis impatiente de retrouver mon chien. J'apprends alors que Dapi est chez mon oncle Baptiste, je ne sais pas pourquoi.

Plus tard on m'emmène chez mon oncle et je vois une énorme bête attachée à une chaîne. Je ne reconnais pas Dapi ni sa voix, rauque à force d'avoir appelé. Je m'approche, Dapi cherche à me mordre. Mon chien est devenu méchant, je ne peux plus le caresser. On me dit que Dapi a couru après les poules et qu'il en a dévoré certaines. Qu'on a dû l'enchaîner, puisqu'il est devenu sauvage. Maman dit que dans ces conditions il est impossible de le ramener à la maison. Baptiste le garde à la ferme, mais il n'aime pas trop les parasites. La fois suivante je retrouve la niche vide, on me donne de vagues explications : un jour Dapi s'est sauvé et personne ne l'a jamais retrouvé.

J'ai honte de ne pas avoir su aimer, même un chien.

Plus tard, j'achète un caneton.

Comme Dapi, le caneton coule des jours heureux jusqu'au moment des vacances. Il grossit à vue d'œil et se baigne dans la lessiveuse que papa a installée sous le grand saule du jardin, on l'appelle Saturnin.

Saturnin répond à la voix et me suit dans la forêt quand je pars me promener, il se moque bien des renards, dès qu'il a peur il se niche sur mon épaule et passe sa tête dans mon cou, on dirait une écharpe de plumes. Mais au moment des vacances, on l'emmène chez Mémé Sanspeur.

Dans la voiture il vomit de peur et nous pleurons, « un désastre », dit papa. Quand nous rentrons de Grèce, je cherche le canard dans la basse-cour.

A ma grande surprise il est bien là, et il court au-devant de la voiture dont il reconnaît le bruit. Mémé Sanspeur dit beaucoup de bien de cette bête qui a fait de nombreux petits. « C'est pas Saturnin qu'il faut l'appeler mais Saturnine... On voit que vous n'y connaissez pas grand-chose... De vrais Parisiens... »

C'est l'été d'après que tout a été gâché. Je reviens confiante de notre voyage habituel dans les pays chauds, mais cette fois Mémé Sanspeur dit que la cane n'était plus rentable et qu'elle n'a pas réussi à échapper aux crocs du renard.

Personne ne la croit.

Pépère est encore vivant à cette époque-là. Il ne parle pas beaucoup aux enfants. Il a une odeur forte, des joues saillantes et des veines apparentes, une casquette qui ferme son regard si bleu. Je ne comprends pas ce qu'il dit, il marmonne des phrases dans une langue étrangère. Il dit *« va quérir les siaux »* et s'énerve quand je ne m'exécute pas dans la minute, je sais seulement que je l'agace alors que j'essaie de deviner ce qu'il peut bien me vouloir.

Quand je lis dans un fauteuil et que je n'entends plus les bruits extérieurs, il me chasse d'un revers de casquette, comme une mouche. J'en déduis qu'il considère la lecture comme une perte de temps, ce qui me semble incroyable puisque ma mère m'achète cinq livres par semaine et qu'elle me décharge des travaux ménagers dès que je montre mon intérêt pour la littérature.

J'imagine que Pépère n'aime pas les livres que je lis.

Pour en avoir le cœur net, je lui demande un jour s'il trouve *Robinson Crusoé* ennuyeux, c'est à mon sens la seule explication qui puisse justifier son agacement. Quand je le pousse à me dire ses goûts littéraires, il s'énerve effectivement. Je décide de le mener dans ses derniers retranchements et je lui demande : « Je vois bien que tu n'aimes pas le personnage de Robinson Crusoé, mais quel est donc ton héros préféré ? » Il répond : « Personne » et je pense qu'il fait référence à la blague d'Ulysse devant le cyclope Polyphème sans en être totalement certaine parce que, lorsque je lui suggère cette interprétation, il sort de la salle à manger en claquant la porte. Personne ne m'a prévenue que Pépère ne sait pas lire.

De toute façon Pépère ne parle pas beaucoup, il préfère l'action. Quand il faut nourrir les bêtes il m'emmène avec lui. On ramasse aussi les œufs des poules dans leur nid. Comme Pépère aime bien rire un peu, il s'approche doucement de la volaille et la serre sous son bras. Un jour où je le questionne encore, il saisit mon doigt et l'enfonce sans prévenir dans le cul de la poule pour *« vèr si l'œuf va bentôt sortir »*.

Après cet épisode, je cesse de lui parler littérature quand je me retrouve seule avec lui.

Maman a toujours voulu
Que je fasse du piano.

Ta- ta- ta- ta- ta- ta- ta-
Ta- ta- ta- ta- ta- ta- ta.

Un jour, Madame Louvel est venue chez mon père et a demandé l'autorisation que je joue le rôle d'une jeune fille à marier dans *Le Médecin malgré lui* pour la représentation de fin d'année au lycée agricole. C'était comme demander ma main, et mon père a accepté.

J'allais parler aux garçons enfermés derrière les vitres du lycée. J'allais sentir les mots tourner dans mon ventre, comme au temps de Bouchon.

Alors j'ai ouvert le livre de Molière dans lequel je brûlais de trouver le texte de ma vie, et j'ai lu :

> SGANARELLE : Quel est le mal que vous sentez ?
> LUCINDE *répond par signes, en portant sa main à sa bouche, à sa tête, et sous son menton* : Han, hi, hon, han.
> SGANARELLE : Eh ! que dites-vous ?
> LUCINDE *continue les mêmes gestes :* Han, hi, hon, han, han, hi, hon.

La première fois que je suis montée sur un plateau, je me suis sentie ridicule. J'avance vers mon père de théâtre et je commence à braire comme un âne en pensant que jamais je n'ai de ma vie entendu une muette essayer de parler, et je répète encore « Han, hi, hon » en sentant la colère et les larmes monter. Madame Louvel éclate de rire, les garçons aussi. Je me promets que je mets à cet instant fin à ma carrière de comédienne.

Mais on m'empêche de sortir de la scène, cette fois je suis tout à fait prisonnière. Madame Louvel avance vers moi et dit : « Puisque tu as du mal à trouver, Aline, embrasse-le, ce pauvre Géronte, un petit bisou pour commencer la scène te donnera la bonne direction. »

Là je deviens écarlate, j'embrasse seulement Vincent le samedi midi et encore, il faut pour cela m'assurer que personne ne nous voit, je ne supporte pas les effusions publiques et je ne veux pas qu'on me traite de putain, mais Madame Louvel insiste, elle me presse devant le groupe de garçons : « Vas-y, Aline, je ne te demande pas grand-chose tout de même, tu ne vas pas me dire qu'un petit bisou te gêne tout de même », et Géronte qui a au moins dix-huit ans attend vautré sur son fauteuil que je me décide enfin.

Je ne bouge pas.

Je ne réponds pas.

Les larmes coulent de mes yeux.

« Il ne faut pas te mettre dans cet état, ce n'est tout de même pas la mort, soupire Madame Louvel, mais puisque tu ne veux pas te décider, passons à autre chose pour aujourd'hui. »

Sur une scène, on ne peut rien cacher.

Quelques jours avant la première, Madame Louvel me fait aller à l'essayage. Elle a de ses mains fabriqué une belle robe jaune et violine, mais au moment de la glisser sur mon corps elle s'exclame : « Je n'avais pas imaginé que tes seins poussaient, il va falloir découdre la robe sous les aisselles. » Comme aucune porte ne ferme vraiment, que les garçons passent et repassent dans les coulisses, ils entendent sa remarque et apprennent, comme moi, qu'à dix ans mon corps commence à se former.

Moi je pense plutôt qu'il se déforme. Que ces bosses vont m'encombrer. Qu'il faudra trouver le moyen de les cacher sous de grands pull-overs.

Mais je surprends aussi le regard admiratif de Jacques B.

Jacques B. a une merveilleuse cicatrice qui barre sa joue droite, sans elle il aurait l'air trop doux avec ses yeux transparents et ses lèvres de fille.

Je fais toujours avec lui le même rêve éveillé. Après la répétition il tarde à rejoindre la salle d'étude et je devine, à ses manières, qu'il court ce risque pour moi. Je feins de ne rien remarquer. Devant le grand miroir, je ferme lentement les boutons de mon manteau, la tête inclinée pour le laisser approcher sans crainte. Il vient à moi et pose ses mains sur mes épaules. Je me retourne et il murmure : « Je t'aime tant que je voudrais t'embrasser. »

Un jour, Jacques B. entre dans la loge quand les autres sont partis. Je me tiens devant le grand miroir. Il s'approche de moi, me prend par les épaules et cherche tout de suite mes lèvres. Je le regarde et lui dis : « Tu n'as rien oublié ? »

Il bredouille, recule d'un pas et je répète : « Il faut me dire quelque chose », mais il cherche manifestement ce qu'on peut bien raconter aux femmes dans ces moments-là et moi je m'évertue à l'aider : « Dis-moi seulement pourquoi tu veux m'embrasser. »

En définitive je n'attends presque rien, un bout de la phrase ou même une expression équivalente quoique de portée mineure, mais il répond : « Parce que j'en ai envie, c'est tout. »

Le rêve est cassé.

Il ne dit même pas qu'il tient à moi, il attendra.

Je ne suis pas une putain.

La première représentation publique approche, les répétitions durent plus longtemps le soir, on a même droit à une ou deux nuits. Après les filages où je tente de faire bonne figure, Madame Louvel s'installe sur l'avant-scène dans une lumière tamisée et, devant une assemblée de jeunes garçons, tente de chauffer sa voix rauque avant d'épouser le rythme des lignes qu'elle veut nous faire entendre.

Comme les autres je tangue et chavire sur les phrases de Tardieu, Beckett ou Duras que je découvre avec la sensualité de cette femme de quarante ans.

De Madame Louvel j'entends dire beaucoup de mal,

comme tous ses collègues mon père dit qu'elle se sert du théâtre pour attirer les élèves dans son lit, elle coucherait même avec celui qu'elle m'a dès le premier jour dit d'embrasser, un jeune homme dont la famille a fait fortune dans le caramel mou, mais je me moque de ces racontars, Madame Louvel m'apprend qu'on peut séduire avec des mots et ça, je ne l'oublierai jamais.

Auprès d'elle, je ne redoute plus de grandir.

A la maison ce n'est pas la même chose, papa n'aime pas que je devienne une jeune fille, il dit que ça le fait vieillir et puis que c'est dangereux, il a peur de ses amis quand ils me regardent par en dessous.

Quelques heures avant la première, je sais à peine mon texte et Madame Louvel pleure. On me raconte que Géronte a rompu avec elle avant les grandes vacances. En reniflant, Madame Louvel me passe ma robe moirée et je rentre dîner avant de jouer, mes parents ont des invités qui viendront assister à mes débuts. Ce sont Marthe et Charles, l'oncle de mon père qu'on surnomme Tonton la Mesurette parce qu'il pèse tout, ce qu'il mange, ce qu'il rejette – il monte sur une balance avant et après s'être libéré dans les toilettes –, les mètres qu'il parcourt en marchant (avec un podomètre), le temps qu'il passe à rêver (pour ne pas en abuser).

C'est un grand inquisiteur, il demande des comptes à tout le monde, et pour ce qui me concerne un état précis de mes performances scolaires et une vision exacte de ma trajectoire de vie. Ferai-je Normale supérieure à Sèvres ou à Fontenay-aux-Roses ?

Je sais donc que mes premiers pas au théâtre seront largement commentés. J'ai le trac.

Ma mère sert des artichauts à table, elle prépare beaucoup de plats quand Marthe et Charles nous rendent visite, car nous devons devant eux faire bonne figure. Il ne me reste qu'une demi-heure avant de me produire dans le théâtre que j'aime vide et noir mais qui sera cette fois ouvert à tous les étrangers. Dans la précipitation, je renverse la vinaigrette sur ma robe. Quand ma mère frotte avec énergie la tache qui couvre ma poitrine naissante, Charles s'exclame : « Tout est foutu. »

Je pars livide au massacre.

Je récite mes tirades comme un automate.

Charles en conclut que je suis plutôt une intellectuelle.

A la rentrée, je réclame de retourner au théâtre. Je vois encore Jacques B. et j'attends qu'il se déclare vraiment.

Au milieu de l'année, mon père rentre du lycée et lance : « C'est vraiment terrible, tout le monde est bouleversé dans la salle des profs, un élève s'est tué à moto sur le pont de Tancarville. » Maman demande : « Comment s'appelait-il ? », papa répond : « Jacques B., une tête brûlée. »

Papa ne sait pas ce qu'il me dit. Papa ne sait rien de mes émois. Et d'ailleurs devant lui je ne sursaute même pas. Je crois plutôt qu'il se trompe, que le nom qu'il donne n'est pas le bon, que l'histoire s'est un instant grippée. Je ne veux rien savoir. Rien sentir. Rien pleurer. Rien du tout.

Maman a toujours voulu
Que je fasse du piano.
Ta- ta- ta- ta- ta- ta- ta,
Ta- ta- ta- ta- ta- ta- ta.
Un rythme de valse,
une mazurka.
Ta- ta- ta- ta- ta,
Ta- ta- ta- ta- ta.
Du Chopin.
Ta- ta- ta.

C'est le rêve de maman, de m'entendre jouer de la musique. Pour le réaliser, elle emploie les grands moyens. Au lieu de me faire végéter à l'école municipale de Mézidon, elle m'emmène à Caen tous les jeudis midi chez une femme professeur au Conservatoire, Madame Prontini. Les cours y sont très chers (cinquante francs la demi-heure), mais avec cette dame on peut passer l'examen d'entrée au Conservatoire avec quelques chances d'y réussir, elle fait partie du jury. Maman dit qu'il faut en passer par là, accepter la combine pour que ce soit enfin gratuit.

Alors je fais mes gammes sur le piano noir et blanc.

Maman dit : « Ferme le clavier quand tu as fini de jouer, cette grande boîte noire me fait penser à un cercueil. »

Avec Madame Prontini, tout se passe mal. Chaque minute coûte cher et nous arrivons pourtant systématiquement en retard. C'est une corvée obligatoire, l'apprentissage de la musique.

Madame Prontini habite dans une grande maison bourgeoise dans le centre de Caen, avec son mari professeur de piano au Conservatoire et ses deux filles, l'une altiste, l'autre pianiste. Chez elle il y a de grands bouquets de fleurs ordonnés, et du vide autour des fauteuils vides. Devant un grand mur recouvert de tentures trône le piano aux sonorités feutrées pour assourdir la rengaine des débutants. Au-dessus de nous, j'entends les mêmes gammes. Maman calcule qu'à eux deux, le mari et la femme, ils doivent largement gagner.

Face à Madame Prontini, j'ai toujours peur de jouer. Avant de passer aux morceaux de musique, je dois d'abord faire entendre mes gammes et les exercices de la méthode Czerny. Pendant tout ce temps elle se tient auprès de moi, sur la droite, et appuie sèchement sur mes doigts dès qu'ils tremblent. Puis elle fait claquer sa langue sur son palais, quand elle s'énerve. Enfin elle déclenche le métronome dont le bruit mange mes notes, *do* clac, *ré* clac, *mi* clac, *fa sol* clac, « recommence, ah la la », clac clac clac, « mais écoute donc, écoute comme ça fait, une blanche et deux croches, c'est pas sorcier, il suffit de travailler ».

Un vrai plaisir, la musique.

J'ai un doigt qui flanche, l'annulaire de ma main droite a, il y a longtemps, été écrasé par une portière de voiture et n'a pas été soigné, mes parents pensaient que ce n'était pas grand-chose mais c'est resté, j'ai de la chair qui déborde et l'ongle trop court pour la recouvrir si bien que la phalange cède dès que j'appuie sur cette extrémité, Madame Prontini le sait bien, je lui ai tout de suite montré ma blessure, mais elle l'oublie dès que je rate une marche, *do ré mi sol, do ré mi sol,* ce doigt-là ne vient pas au bon endroit et ça l'énerve, cette comédie, elle dit qu'elle a beaucoup travaillé pour réussir et qu'elle ne s'est pas écoutée, jusqu'aux crampes dans le poignet, mais voilà, professeur au Conservatoire maintenant, alors que moi, avec toutes mes simagrées, je ne suis pas près de prendre le même chemin et que, pour Chopin, ce sera pour plus tard ou peut-être jamais.

Puis ma mère revient, au milieu de la leçon.

Elle entre avec un air gêné que je ne lui connais pas. Madame Prontini la regarde à peine et dit que je ne travaille pas assez, que ce sera très juste pour l'entrée au Conservatoire. Elle dit aussi que la musique est un don qu'on se transmet dans les familles et que je souffre de ce que personne n'ait les moyens de me reprendre quand je joue n'importe quoi. Maman rappelle timidement que son mari chante dans les cabarets et qu'il s'accompagne à la guitare, mais Madame Prontini rétorque que c'est autre chose, la variété, qu'on n'a pas besoin pour cela de solfège.

Ce mépris pour ma mère me blesse l'oreille comme une fausse note de trop.

Do ré mi sol,

Sol mi ré do.

« Et le *fa* ? Tu oublies toujours le *fa* ! On a beau répéter, tu n'y arrives jamais. L'examen d'entrée au Conservatoire a lieu dans trois semaines et j'ai honte de t'y présenter, c'est ma réputation qui est en jeu, si tu ne réussis pas mieux tes gammes, je préfère y renoncer. »

Ce jour-là, Madame Prontini dit devant moi à ma mère que nous repartirons de zéro, de la Méthode rose s'il le faut parce que je n'intègre rien, le professeur de l'école municipale de Mézidon ayant seulement réussi à me donner de mauvaises habitudes.

Je crois bien que je pleure de honte.

Alors Madame Prontini dit : « C'est qu'elle est fière, votre fille, je ne pensais pas que j'allais la vexer. »

Quand je rentre à la maison, je m'installe devant la boîte de bois noire et je répète *Doctor Gradus ad Parnassum* de Debussy, *sol do ré mi, sol do mi ré, fa do ré fa, la si fa mi*, tempo rapide pour la main droite, et je recommence sans y penser. Je recommence de plus en plus vite, je dois y arriver. Je veux qu'elle reste muette, qu'elle enrage de n'avoir rien à me dire, cette fois. *Si do ré mi, sol do mi ré, fa do ré fa, la si fa mi* pour la main droite.

Quand je sais parfaitement le premier mouvement du morceau, je me mets à improviser. Pour la première fois des notes viennent et Maman entrouvre la porte, ravie de me voir aussi concentrée.

Maman dit : « On dirait du Chopin. »

Je fonds de plaisir et je reprends la mélodie, encore plus vite, toujours plus vite.

Quand arrive le jeudi suivant, je n'ai rien à me reprocher, cette fois j'ai bien travaillé et j'ai même composé un petit air profond et pathétique où je glisse un peu de mon âme. Madame Prontini monte le tabouret et pose ses mains soignées sur ses genoux, je peux commencer. De fait, elle a l'air surprise par mes progrès. Pas une seule fois elle ne m'arrête et quand elle met le métronome en marche, clac clac clac, mes doigts arrivent au bon moment.

Elle me dit : « J'ai eu raison de te pousser un peu, il n'y a que ça qui marche avec toi », et elle esquisse pour la première fois une sorte de sourire.

Alors je me lance.

Je lui dis : « J'ai composé un petit air de musique que je voudrais vous jouer. »

Comme elle ne répond pas, je plaque les premiers accords. C'est un peu le Rachmaninov du pauvre. Elle ne manifeste aucun sentiment, je persiste et enfle les effets. C'est là qu'elle referme le couvercle du piano sur mes doigts en sifflant : « Au lieu de te prendre pour Beethoven, tu ferais mieux de travailler. »

Depuis ce jour, quand je découvre dans une pièce un piano, je m'assieds sur le tabouret et je répète sans fin la mélodie de Debussy, la seule que j'aurais dû connaître :

Sol do ré mi,
sol do mi ré,
fa do ré fa,
la si fa mi,
sol do mi sol,
si do sol fa,
la do fa la,
si ré la sol,
do mi sol do...

Tu te souviens, Lisa, de Céline. C'est elle que je prenais pour ma sœur quand tu étais encore petite, trop petite pour entendre tous mes mots rentrés. C'est étonnant comme on aime, la première fois. J'aimais le corps de ma première amie, ses grands yeux bleus, ses cheveux clairs et fins, et nous parlions des heures sans nous arrêter.

C'est la dernière année du collège et nous sommes désormais deux à fréquenter les garçons sans égard pour toutes les filles qui commentent nos mauvaises manières. Je ne vois plus Marie Pivoine, Marie-Laure Cauvret ou Christine Dinot, elles ont beau décider de quarantaines qui durent de plus en plus longtemps je m'en fiche, je me sens enfin libre de leur jugement et différente, promise à d'autres cieux.

Même les professeurs nous donnent raison. Ils disent qu'à notre âge on doit parler d'amour et d'amitié sans craindre d'évoquer la sexualité. Ils disent qu'une révolution des mœurs a eu lieu, que nul ne peut l'ignorer sauf les vieux et les bourgeois et qu'il est important de suivre les cours d'éducation sexuelle proposés par le Planning familial de Caen.

Une femme enceinte nous parle d'amour, Thierry dit qu'elle a mis en pratique ce qu'elle est chargée de nous apprendre. La femme nous demande de l'appeler par son prénom, Caroline. Elle dessine au tableau le corps de l'homme, le corps de la femme, sans omettre les organes génitaux. François glousse et dit qu'il n'aurait jamais pu imaginer que la bite s'appelait aussi pénis. Caroline laisse venir les réactions et feint de ne rien entendre. Elle dit : « Je suis là pour ça, pour parler de sexualité sans qu'on se sente gêné, c'est la même histoire depuis le début de l'humanité et nous sommes tous le résultat d'une nuit d'amour. » « Pas moi, chuchote Philippe, mon père a jamais pu toucher ma mère, il lui fout seulement son poing sur la gueule. » Puis Caroline se targue de dessiner l'intérieur du ventre de la femme, les ovaires et les trompes, l'utérus où se loge l'enfant. La verge en coupe et les testicules. « Rien qu'à la voir couper ça en deux j'ai mal », ricane Alain. Vient le moment crucial où Caroline évoque les différents moyens de contraception, le préservatif puis le diaphragme à utiliser avec une crème spermicide, la pilule et le stérilet. Les jeunes sont incités à utiliser les deux premières techniques, la pilule étant seulement prescrite à la majorité sans accord parental, le stérilet étant peu indiqué chez les nullipares. Joignant le geste à la parole, Caroline fait passer dans les rangs tous les contraceptifs qu'elle vient d'évoquer. C'est là que Monsieur Robergé, le professeur de français de la troisième C, glisse sa tête dans l'entrebâillement de la porte pour demander un peu de silence, à côté on ne peut plus travailler, personne ne veut plus lire *Phèdre* de Racine.

Après cet incident, Caroline demande de nouveau le calme et nous propose – afin de ne pas heurter notre sensibilité toute neuve – d'écrire toutes les questions que nous nous posons sur un morceau de papier. Elle promet qu'elle les lira de façon anonyme et qu'elle tentera d'y répondre.

Un garçon demande comment et pourquoi les règles apparaissent.

Un autre veut connaître le détail de la technique de l'avortement.

Une troisième demande s'il est normal qu'un père demande à sa fille de lui caresser la verge.

Caroline tremble lorsqu'elle répond à la dernière question et incite la personne qui a écrit ce billet de façon anonyme à venir la rencontrer au moment de sa permanence.

Elle semble avoir oublié que les contraceptifs de démonstration circulent et Thierry en profite pour lancer un pari à son voisin : il mangera la plaquette entière de pilules pour cinquante francs.

A la fin de la journée, on emmène le parieur à l'infirmerie. Thierry vomit, mais ne veut pas expliquer ce qu'il a bien pu avaler pour être aussi malade.

Après ce préambule, Céline et moi n'hésitons plus à flirter avec les garçons mais sans coucher, Caroline a recommandé d'attendre une vraie relation amoureuse, il ne faut rien gâcher des débuts.

Alors nous allons derrière le gymnase, jamais bien loin l'une de l'autre, avec des garçons qui s'affolent et qu'on calme au dernier moment, et nous nous retrouvons après, inquiètes à l'idée de nous perdre avec ces corps qui nous font découvrir des sensations vertigineuses. Nous ne disons presque rien aux garçons de ce que nous ressentons, nous préférons parler à une amie.

Le père de Céline est très jaloux. Il dit que sa fille aînée est perdue à cause de sa beauté. Qu'elle fait tourner les têtes et que ses collègues de l'usine le plaignent d'avoir à s'en occuper. Le père de Céline dit aussi que je n'ai rien à faire avec sa fille puisqu'on ne sera jamais du même monde.

Céline a peur de son père, il veut l'empêcher de poursuivre ses études à Caen. Elle devient étrangère à sa propre famille. Mais comme elle obtient son Bepc et que les professeurs l'encouragent à continuer dans une filière d'enseignement général, son père est obligé de céder : nous serons toutes les deux pensionnaires dans un grand lycée de Caen, à trente kilomètres de nos parents.

A la fin de cette année-là, les professeurs organisent un week-end canoë-kayak à Clécy. Pendant la journée Céline navigue avec son petit ami, moi avec le mien. Au milieu de la nuit nous entendons du bruit. Le professeur de gymnastique pleure, sa femme a rejoint le professeur d'anglais dans sa tente.

Nous partons toutes les deux sur les berges de la rivière et nous marchons dans les nappes de brume. Céline m'apprend que des garçons de Mézidon ont suivi le groupe et qu'ils campent à quelques pas d'ici. Eux, dit-elle, ce sont de vrais hommes, ils sont venus à moto et fument du hachisch. Je la suis jusqu'au campement. Très vite, l'un d'entre eux s'approche de moi, il s'appelle Alain.

Alain fume en regardant le feu qu'il a allumé avec les barrières du champ voisin. Il parle de Kerouac et de Castaneda que je ne connais pas encore, on n'étudie pas ces auteurs à l'école. Il parle de façon tellement désabusée de la vie médiocre des gens du village où nous habitons qu'il commence à m'intéresser. Lui aussi a souffert du regard des autres. Il dit qu'il vivra ailleurs. Qu'il partira. Qu'il verra le monde avant de vieillir auprès d'une femme, dans un jardin. Je me dis que celui-là a sûrement beaucoup lu puisqu'il suit la leçon de Voltaire.

Quand il parle, ses joues se creusent et ses yeux reflètent les paysages qu'il traverse en imagination. « Lui au moins, ce n'est pas un gamin », chuchote Céline. Comme mon amie regarde Alain plus que les autres, je me dis qu'il en vaut la peine. Alors je le laisse poser sa main sur mes épaules à la fin de la nuit, devant les braises éteintes.

Il me semble que je ne décide de rien.

Après d'ennuyeuses vacances passées à attendre le temps de la grande liberté – la pension avec Céline m'apparaît comme un rêve –, je me sépare de ma famille pour entamer ma propre existence.

J'ai treize ans.

Heureusement mes seins ont poussé, j'ai l'air d'une grande.

J'ai passé pour le jour de la rentrée une chemise indienne sur un pantalon vert à pattes d'éléphant. Je me sens prête.

Mais le premier jour on me sépare de Céline. On dit qu'elle est scientifique, moi littéraire. Après les cours nous ne partageons ni les salles d'étude ni le même dortoir. Je l'aperçois de loin en loin, elle semble donner son temps à une fille brune au visage trop poilu que je me mets à détester. Je l'attends pourtant le soir, après l'étude, en haut de l'escalier où elle me rejoint parfois pour me parler des autres. Avec Sara elle a trouvé une bande d'amis qu'elle voit dans un appartement le mercredi après-midi. Là, ils fument de l'herbe en écoutant de la musique. Son corps que je sentais mien au moment de la rencontre s'efface quand je le frôle maintenant.

Souvent, Céline pleure en me regardant. Elle me dit : « Toi tu as l'essentiel, en troisième déjà tu n'écoutais rien des cours mais tu étais la première, tout te sera toujours facile mais moi je n'ai pas la même solidité, on m'a déjà cassée. Je sens que je n'aurai pas la force d'aller bien loin. Nous ne serons jamais du même monde, tu le sais bien, alors trouve-toi des amis à ta taille. Et puis il faut que je te dise : j'ai revu Alain et je sors avec lui. »

Tout ce temps-là je grossis.

Je n'aime plus mon corps, je porte des vêtements informes. Je ne peux plus sortir sans avoir longtemps maquillé mon visage, je dis : « mes peintures de guerre ».

Céline disparaît de plus en plus souvent. Je sais qu'elle continue de voir Alain et qu'il se passe entre eux des choses importantes. Mais c'est surtout Sara qui reçoit ses confidences. Je suis déçue et blessée, je ne la fais plus rire, d'ailleurs Céline ne rit presque plus.

A la fin de la première, Céline est menacée de redoublement. Son père lui assure que, le cas échéant, il l'enlèvera du lycée et lui trouvera du travail. Il pense que les études lui ont brûlé le cerveau. Il sait bien qu'elle n'a pas la force de s'échapper. Céline se défend à peine, elle dit que son père a peut-être raison, que sa vie est à Mézidon. Le père dit aussi que s'il croise Alain, il le tuera d'un coup de fusil.

Pour elle, je tente une dernière chose : je demande un rendez-vous à l'assistante sociale du lycée et lui explique sous le sceau du secret toute l'histoire de Céline. Je lui demande d'intercéder en sa faveur pour éviter un redoublement qui mènerait à l'arrêt de ses études. L'assistante sociale me promet d'en parler le soir même à l'équipe enseignante. Comme je n'ai pas vraiment confiance, j'attends près de la porte où se déroule le conseil de classe et me précipite vers l'assistante sociale dès qu'elle sort de la pièce. L'assistante sociale m'évite, je comprends que Céline vient de perdre sa liberté.

Céline arrête ses études à la fin de cette année-là. Je la retrouve vendeuse dans un magasin de bicyclettes appartenant à sa belle-mère, ce n'est pas un travail fatigant, dit-elle, quand on est enceinte.

Derrière la caisse, Céline pleure quand je viens la voir. Elle dit que pour certaines personnes, le destin est court.

Quelques années plus tard, Alain meurt d'une overdose.

J'ai quinze ans et j'attends.

On me dit : « Tu sais que tu vis un des meilleurs moments de l'existence » mais je ne vois pas bien de quoi on me parle, sinon de regrets. Je m'ennuie beaucoup en pension. J'écris de longues lettres à Christophe que je ne vois jamais, il faut bien parler d'amour.

L'été, je pars avec mes parents qui dirigent une maison familiale dans la Drôme avec Jo Mafiole, l'ami qui chante dans les cabarets avec mon père, et sa famille.

J'attends, les poings fermés. J'attends qu'il se passe quelque chose. Je me sens prête depuis trop longtemps.

Je le vois entrer dans la pièce commune de la vieille bâtisse, et quand il me croise il me touche des yeux. Je replace ma bretelle et plaque mon maillot de corps sur mon pantalon noir.

Jo Mafiole me raconte que Raphaël joue de la guitare et qu'il connaît les mélodies de Maxime Leforestier, mon idole du moment. Je n'aime pas sa façon de me le vendre.

Quand je croise Raphaël je l'évite ostensiblement. Pas assez pour qu'on se rate.

Après, nous partons marcher ensemble des nuits entières, des nuits entières à ne pas dormir. Tout bouge intensément sous le grand tapis d'étoiles, il suffisait de regarder. Je ne veux plus jamais dormir.

Nous parlons des nuits entières sur les montagnes de la Drôme, sans nous approcher l'un de l'autre.

J'aime cette distance.

J'attends pourtant que quelque chose se passe.

Lui me parle de la mort de son père et du carnet sur lequel il a noté tous les signes cliniques qui le menèrent à cela, à sa disparition. J'entends sa douleur, je crois même la comprendre.

Chaque fois j'en apprends un peu plus de lui et il ne veut rien de moi. Partout il y a de l'espace, les paroles portent loin dans la montagne.

Une nuit, des chiens de berger nous attaquent. Raphaël les affronte. Il dit qu'il suffit de ne pas avoir peur pour ne pas être mordu.

Qu'il est seul, dans sa famille.

Que la vie l'a lui aussi quitté.

Il ne sent plus la douleur. Il veut marcher des nuits entières. Puis il me parle de Dieu. Je n'ai jamais entendu ce chant d'espoir insensé après la perte d'un être cher. Je connais seulement l'enfer et les corbeaux.

Quand les promenades nocturnes cessent et qu'il faut se quitter à la fin des vacances, je décide de l'attendre.

Nous nous revoyons après quelques lettres échangées, en février de cette année-là.

C'est à Amiens, dans la grande maison où le père manque. Raphaël veut retrouver la nuit, il allume de grands feux au fond du jardin, là où les lampadaires n'éclairent pas. Il me dit, après tout ce temps, qu'il vit auprès de moi une aventure inoubliable et qu'il voudrait m'embrasser.

Le 6 février est ma première nuit.

Les mots nous ont conduits jusque-là, jusqu'à cette étreinte.

Raphaël est étudiant en première année de médecine. Sur le tableau où il révise ses formules chimiques, il trace à la craie des signes d'amour.

Quand il quitte la maison de sa mère, il prend un appartement dans une tour du nom d'une aviatrice, Maryse Bastié. Il partage ce lieu avec Marcelle.

Marcelle est myopathe. Elle aussi fait des études de médecine, elle veut sûrement savoir ce qui l'attend. C'est une belle femme qui ne peut plus marcher. L'exemple même de l'injustice.

Nous sortons faire les courses avec la chaise roulante. C'est une machine motorisée derrière laquelle je grimpe dans la position du laquais pour descendre au premier supermarché. Dans le magasin nous choisissons tous les trois le menu, saumon, œufs de lump, blinis, on s'en fout on ne paie pas, on cache les provisions sous les vêtements de Marcelle.

Un jour, un vigile veut fouiller Marcelle. Raphaël lui demande s'il aura le toupet de fouiller une handicapée. Le vigile renonce.

Quand Marcelle est fatiguée, elle me prête sa chaise pour aller au supermarché. Les gens portent sur moi un regard voilé, un regard qui ne veut pas regarder mais qui ne peut s'en empêcher. Ce regard donne envie de crier. Il arrive que devant eux je me lève pour attraper une boîte de haricots verts, rien n'est à hauteur. Là le regard change, certains pourraient presque me tuer, pour mon insolence.

Nous nous voyons aussi chez mes parents. Mon père montre un soir des diapositives en noir et blanc sur un drap tendu. Je me revois comme j'étais enfant, quand mes parents avaient l'air de deux adolescents : nue sur une table, à côté d'un encrier. Je regarde ce corps qui fut un jour le mien et qui a disparu.

Je suis encore très jeune, selon mon père, la petite fille de ces images. Raphaël est averti, il ne doit rien changer à cet amour-là, à la douce lumière du passé. Mon père donne à Raphaël un surnom, Jocrisse, et comme nous nous doutons de quelque chose, nous ouvrons le dictionnaire et lisons : *Jocrisse : n.m. -1618 ; n. pr. 1587 ; nom d'un personnage de théâtre. Vx. Benêt qui se laisse mener ; niais, nigaud ; jobard.*

Ma mère me parle de mes études. Elle me dit que l'indépendance financière des femmes est essentielle à leur bonheur, et que, pour continuer longtemps à l'université, mieux vaut ne pas s'attacher à un homme. Elle sait de quoi elle parle.

Toi, Lisa, tu fais de la natation, de la voile, du handball. Tu dis que tu n'aimes pas les filles.

Et moi je me promène avec cet amour trop grand, comme on se perd.

Quelque temps après, je n'ai pas encore dix-huit ans, je sens venir une nouvelle vie en moi. Nous disons que nous faisons attention quand nous faisons l'amour mais manifestement ce n'est pas suffisant, nous ne savons pas vraiment comment font les grands.

J'apprends que je suis enceinte. Peu de temps après, je suis avec Raphaël dans une voiture. J'ouvre la portière, je veux sauter en marche et me tuer.

Raphaël se sent coupable et ses croyants d'amis disent qu'à cette courte existence il faut donner un sens. Ils demandent qu'on nomme l'enfant qui ne vivra pas. Sans réfléchir je dis : David.

Papa dit qu'il ne me reconnaît pas. Je ne vis pas les joies de mon âge. Maman dit : « Tout de même, aujourd'hui on peut s'en passer », et toi, Lisa, tu ne peux encore rien dire.

La fin de l'enfant fut la fin de l'enfance.

Avec Raphaël, l'histoire continue malgré tout. Mais je commence à imaginer que je vivrai sans doute d'autres aventures amoureuses. D'autres hommes me veulent et je pense qu'en leur cédant je retrouverai peut-être un peu de la fraîcheur des premiers moments.

Raphaël dit qu'il a peur de moi, quand je parle comme ça.

Une nuit, j'ai presque vingt ans, Raphaël pleure en me regardant. Ses mains tremblent quand il me touche, comme s'il m'avait déjà perdue. Son amour le brûle. Cette fois, les croyants lui ont conseillé de me quitter. Ils parlent d'une passion malsaine.

Au bout de cette nuit-là, cette nuit où après les larmes et l'amour je marche seule dans les rues de la ville à m'en perdre, où des hommes m'accostent, où je pleure comme je n'en savais pas mon corps capable, je prends le train.

Je perds la trace de Raphaël pendant cinq ans.

Je suis plantée derrière un gâteau d'anniversaire.

Sur la photographie, Tata Agnès a la bouche grande ouverte, elle chante : *On n'a pas tous les jours vingt ans, ça n'arrive qu'une fois seulement.*

Juste après ce cliché, Tata Agnès me raconte une nouvelle fois que, lorsque j'étais petite, elle me faisait faire caca dans un cendrier. Je souris vaguement et je quitte la table.

Je vais vomir.

Je suis mal à ne plus pouvoir parler.

A cette époque, Lisa, j'essaie de te parler de mes amours malheureuses mais tu as trois ans et demi de moins que moi et c'est considérable, à cet âge-là.

Je te dis quand même que j'en veux à papa et maman qui me disent que j'ai tout le temps devant moi et que je dois être indépendante avant de penser à aimer alors que je souffre déjà.

Tu es scandalisée.

Tu dis que tu ne montreras jamais ce que tu ressentiras.

C'est notre première alliance.

Plus tard Jean Lengrelin, mon professeur de gymnastique de troisième, vient rendre visite à mes parents. Je l'admire de savoir raconter ses malheurs devant l'âtre chaud ; sa femme a emmené sa fille, elle l'a quitté, c'est cela, oui, elle est sans doute partie pour de bon. Sa femme lui a reproché de préférer à sa famille la politique et sans prévenir elle est partie, oui, partie, pour de vrai sans doute. Mais là, oui, comment faire autrement d'ailleurs, il a compris la leçon, elle a dit qu'il fallait vivre pour ses proches autant que pour les autres et c'est sans doute la preuve de son bon sens de paysanne, oui, il aurait dû comprendre avant le désastre mais il n'a rien vu venir et maintenant il est trop tard, c'est certain.

Je le regarde, ses muscles ne servent plus à rien, on dirait un chat mouillé.

Il va, dit-il, préparer une thèse sur le corps pour apprivoiser cette douleur imprévue et, en attendant, diriger un centre de vacances pour adolescents en Sicile afin d'éviter le grand trou de solitude des mois de vacances.

Avec lui, je parle de philosophie. De ces livres qui me sauvent, moi aussi. Mais pas de ma blessure d'amour, il me dirait que je suis trop jeune pour l'avoir vraiment connue.

Jean me dit pourtant que je parle bien, que je n'ai pas mon âge. Depuis que j'ai grandi, il me regarde autrement. Tard dans la nuit, il me propose de l'accompagner en tant qu'animatrice en Sicile.

Je pars donc en Sicile. Je ne peux m'habituer au silence de Raphaël et tout autour de moi il y a du bruit.

Nous sommes sept animateurs pour une cinquantaine d'adolescents embarqués dans un bus. Ces moments de vie collective sont insupportables, il suffit d'un groupe pour tuer la poésie d'une place de village.

Jean a prévu un programme d'éducation politique : les jeunes apprendront le respect de l'autre si l'équipe pédagogique favorise l'autonomie de chacun. Le grand groupe sera donc divisé en petits groupes qui devront utiliser les rudiments de la langue pour subvenir aux besoins les plus élémentaires : faire les courses, demander son chemin, communiquer avec les autochtones. Ce système impliquera une déconcentration des crédits et une gestion individualisée des budgets en fonction des projets dont les objectifs seront rendus publics lors de réunions plénières.

Au bout de quelques jours d'une telle politique, c'est la déroute. Les jeunes de mon groupe achètent des cigarettes et du vin avec l'argent de la collectivité. Quand ils en manquent, ils volent dans les magasins. Je les regarde à peine, je laisse faire.

De toute façon, les choses n'arrivent pas vraiment.

Jean analyse la situation en réunion de synthèse. Il m'accuse d'être une individualiste à tendances bourgeoises et m'explique que ces déconvenues ne peuvent suffire à arrêter un processus éducatif fondé, les jeunes ayant besoin de temps pour comprendre qu'on leur fait enfin confiance.

Le lendemain, trois jeunes du groupe de Francis sont ramenés par la police, ils ont dévalisé un magasin de souvenirs pour leurs copains restés en banlieue.

Jean s'énerve, personne ne suit la ligne de son programme autogestionnaire et c'est comme avec sa femme, un désastre.

Jean en a assez d'être incompris alors qu'il est certain d'avoir raison. Jean confisque l'argent des groupes et fait des courses collectives, puis il place les cinquante adolescents en file indienne et sert à chacun une louche de nourriture dégoulinante, c'est, dit-il, l'électrochoc qui conduira à la prise de conscience collective.

Les jours suivants, ce sont les animateurs qui avouent un à un leurs faiblesses : Francis vient de quitter son premier amour pour une femme homosexuelle ; Michèle a été abandonnée par son mari qui lui préfère sa collègue ; Emile s'entiche des belles adolescentes du groupe ; Rémi est venu en Sicile contre le gré de la femme avec laquelle il vit près de Bordeaux, si bien que

Jean est pour la première fois de sa vie pris par le doute.

Au bout d'une semaine de direction impossible du groupe, Jean participe aux bains de minuit où tout le monde est nu et, pour ne pas perdre définitivement la face, propose une activité à la collectivité : ce sera le massage à l'huile d'olive obligatoire.

Je ne le reconnais plus.

Moi je regarde Rémi mais je ne suis pas la seule, Michèle, la femme abandonnée, n'a d'yeux que pour lui.

Je réussis pourtant à partir avec lui et une quinzaine d'adolescents en expédition sur l'Etna. Tout va bien jusqu'au sommet. Mais à trois mille mètres, une vapeur enveloppante s'échappe brusquement de la terre, nous perdons tous nos repères. Puis, dans une atmosphère de chaleur soufrée, la grêle se met à tomber. L'Etna s'est réveillé d'un coup sans que personne l'ait prévu.

Rémi prend les décisions qui s'imposent : le groupe ne redescendra pas dans le village avec ce brouillard, il s'abritera pour la nuit dans le refuge des volcanologues situé près du cratère principal.

Nous buvons du Fuoco dell'Etna, nous buvons tellement qu'au milieu de la nuit nous décidons de marcher vers le cratère. Le feu lutte avec la grêle qui coule du ciel et nous sommes là, devant ce spectacle qu'on ne reverra pas.

Puis Rémi vient dormir près de moi. J'ai froid. Je

grelotte. J'ai de nouveau envie de vomir. Il me serre et s'endort. Je m'endors aussi.

Juste après, la femme abandonnée séduit Rémi.

Moi je reste seule et le bruit revient.

A la rentrée, je vis sur le même palier que ma meilleure amie de khâgne, Elsa. C'est une fille aux cheveux blond vénitien qui pourrait donner le sentiment d'être sage si on la regardait trop vite.

Des garçons passent tout le temps. Je les fais asseoir sur le « parking », c'est le nom que j'ai donné à mon premier lit à deux places. Je sers le thé pendant des heures et, pour dégoûter les plus insistants, je montre les moisissures que je cultive avec Elsa.

Il s'agit de faire pousser le plus haut possible des guirlandes moussues aussi belles que fragiles. Quand les garçons ont fini de boire, nous leur présentons nos cultures. C'est un test qui permet d'éliminer tous les rejetons de bonne famille des classes préparatoires. Nous insistons ainsi sur la nécessité d'un détachement par rapport à l'aspect matériel de l'existence. Peu nous suivent mais ceux-là sont nos amis.

On m'appelle Tefal, la poêle qui n'attache jamais. C'est un surnom qui me plaît, je préfère mettre en garde quand il en est encore temps. A certains, j'avoue mes déboires, pas à tous. Pas jusqu'au bout. A la place, je théorise.

Je parle devant un auditoire fourni sur le thème de l'amour libre. Je dis que, pour vivre une relation durable, il vaut mieux continuer à vivre chacun chez soi. Je dis que la jalousie est un sentiment de possession illusoire. Je dis que pour moi c'est fini, l'amour captatif, et qu'à la place j'aspire à l'amour oblatif, j'ai des lettres.

Et je veux de nouveau faire du théâtre.

Comme j'arrive dans un cours en plein milieu d'année, le metteur en scène me demande de me déchausser et d'improviser sur le thème du feu pour tester ma motivation. Je rougis, je me lance au milieu du cercle des apprentis comédiens et je murmure puis j'éructe les mots qui me viennent, il faut bien jouer avec ses tripes. André M. est assis sur une chaise, il suit cette évolution avec un regard inquiet et, quand j'ai fini de brailler, me dit que j'ai des talents de clown.

Deux mois après, je joue dans un spectacle de fin d'année librement adapté d'un texte irlandais, *L'Œuf du héron*.

Je ne sais pas quoi faire, quoi dire, quoi apprendre, André M. me demandant de changer de rôle à chaque répétition, cela, dit-il, pour échapper à la sacro-sainte psychologie du personnage. Alors je tournoie sur moi-même, je cherche une main secourable, un regard, une voix, un appui pour me guider dans cette ronde infernale. Décidément, je ne comprends rien. Je suis un homme, une femme ou un oiseau, ce qu'on voudra bien croire, j'espère seulement qu'on ne me sifflera pas au moment des représentations.

Dans les vestiaires un homme me frôle parfois. Il s'appelle Pierre.

Malgré le peu de plaisir que j'éprouve à jouer des bribes de *L'Œuf du héron* devant un public clairsemé, je continue le théâtre avec la compagnie Azerty. André M. travaille avec deux comédiens, Lili et Momo, dont la beauté physique fascine une bande de courtisans suiveurs. Lili est une femme monstrueuse proche de Médée ou des Amazones qu'elle interprète à merveille, une femme tyrannique et violente qui exhibe sa sexualité. Momo c'est son homme, son double, son complément masculin. Lili se méfie de moi, je continue mes études universitaires et me targue de vouloir comprendre le théâtre en allant écouter les émasculés de l'université, tous ceux qui, ayant peur des corps exposés sur la scène, se croient capables de produire sur la chair de savants commentaires.

Avec la compagnie Azerty je me lance dans des improvisations, je ne sais pas où mon corps me mène, je joue ma naissance entre les jambes de Lili qui chante un refrain sarde à tue-tête, j'apprends à désapprendre.

Je vois aussi Pierre qui a été choisi pour devenir comédien professionnel de la compagnie.

Je sors avec lui une nuit où l'on marche, avec moi c'est souvent comme ça, Pierre est maintenant acteur et tout le monde regarde ses épaules danser, on dit qu'il est tellement beau, c'est une nuit où l'on marche et où l'on croise un chat blanc. Pierre s'approche et le chat blanc se frotte contre ses jambes, alors nos mains se croisent sur son dos.

Deux jours plus tard, alors qu'il m'a dit de passer le voir dans son appartement et que j'apporte des croissants, je le trouve au lit avec une femme. Je leur dis : « Ne vous gênez pas, il y en a pour deux » et je claque la porte, surtout que je connais la femme, une idiote qui rit trop fort et qui minaude avec un caniche nain sous le bras, une amoureuse du théâtre ou plutôt des comédiens.

Le soir même, Pierre vient me revoir. On marche encore un peu dans la nuit et je lui dis ce que je pense de lui. C'est là qu'il tombe amoureux de moi.

Je reste avec lui quatre ans. Je dis tout ce temps que notre histoire ne durera pas longtemps, je veux rester libre.

Nous prenons deux appartements, l'un au-dessus de l'autre. Je raconte à mes amis que Pierre est mon voisin, certains s'en amusent. Pierre habite le rez-de-chaussée, moi le premier étage, nos appartements sont disposés de la même façon mais nous les meublons chacun selon notre désir. Pierre décide d'élever des poules dans sa petite cour, pas moi.

C'est à cette période que je rencontre Antoine.

D'après ce qu'il m'en a raconté, Antoine est heureux avant cette nuit où il perd tout. C'est une nuit banale, à peine un petit malaise, des petits coups dans la zone de l'estomac mais supportables, c'est une nuit banale où tout bascule. Antoine se couche dans ses habitudes, il passe son pyjama et se glisse sous les draps fraîchement changés en entendant l'eau que fait couler sa femme dans la salle de bain. Sa femme le rejoint dans un déshabillé qu'il trouve d'habitude plus excitant et sa peau lui fait tout à coup l'effet de la chair du poisson.

D'un seul coup, Antoine ne peut plus supporter sa vie.

Quand elle se retourne en embarquant les couvertures, il reste posé sur l'oreiller. Toute la nuit il veille. C'est au petit matin qu'il se décide enfin à rejoindre le premier hôpital et à expliquer aux médecins que là, soudainement, il vient de se réveiller, mais qu'il souffre d'abandonner sa vieille dépouille.

Poussin de Haie

Je rencontre Antoine quand j'ai vingt ans, il en a presque quarante. Il est encore avec sa femme quand il me raconte cette nuit-là. Je ne suis pas surprise, je me suis toujours sentie vieille, comme à l'écoute des bouts de la vie, alors j'écoute cet homme qui parle.

Il me parle longtemps. Plus tard il m'écrit. On dirait des plaintes d'enfant.

Puis il vient me voir depuis une autre ville.

Il dit qu'il roule des heures puisque, devant moi seulement, il raconte la vérité. Que le temps s'est perdu et qu'il veut vivre avec moi pour dire enfin la vérité.

Quand je dis que non, je ne peux pas le suivre, il dort sous mon appartement, dans sa voiture. Je le trouve quand je rentre le soir. Il ne me demande rien. Il ne veut plus mentir.

Un jour, je sais qu'il est parti. Qu'il la refera, sa vie. Mais de temps en temps, jusqu'au jour d'aujourd'hui, il revient.

C'est l'histoire d'une petite mort.

Je ne sais plus comment j'ai eu l'idée d'aller travailler chez les fous. Je dis les fous, c'est plus simple que de parler de malades mentaux, de mongoliens ou d'adultes handicapés, de toute façon on les enferme tous pour leur différence et je n'ai jamais été certaine que la différence soit un handicap.

Je travaille donc chez les fous pour sortir de l'univers de l'école, je passe le Capes et l'agrégation de lettres à la Sorbonne et je ne souhaite pas être surveillante par-dessus le marché. A ma grande surprise, je suis embauchée par Martine comme aide médico-psychologique non diplômée quand je lui dis que je fais du théâtre et que j'aimerais proposer cette activité aux adultes du foyer.

J'ai un peu peur mais je veux voir de près ce que c'est, la folie.

Le premier soir d'automne où je viens travailler, il y a cette lumière dorée pleine de filaments roses particulière à la Normandie, la lumière des peintres et de la mer. Je m'arrête et je vois, à quelques pas de moi, un adulte qui regarde aussi la lumière mais dans une flaque d'eau. Je m'approche de lui, il me dévisage et me dit : « Han, han, han », ou quelque chose d'approchant, et puis il saute trois fois en l'air avant de me montrer la flaque où le ciel est descendu, « han, han, han », répète-t-il, et avec son doigt qu'il agite avec une rapidité inouïe il conduit mon regard jusqu'à une canne à pêche posée sur le mur.

J'ai dit canne à pêche, c'est pour dire un mot que tout le monde connaît, c'est plutôt une branche de bois élaguée et crantée d'où pend une ficelle avec un crochet de cuisine.

Le jeune homme sourit, si on peut appeler sourire cette déformation du visage qui fait irrésistiblement penser aux émotions étranges qui passent sur la gueule d'un chien, et ce personnage saute encore trois fois autour de la flaque avant de plonger son hameçon dedans.

Je comprends qu'il attend le poisson.

Je me dis que j'ai trouvé un travail passionnant.

Je reprends ma voiture et je rejoins les lumières de la ville.

Tous les mardis matin, avant de prendre le train pour Paris où je suis des cours à la Sorbonne, je me rends à la réunion de service. Nous sommes six éducateurs, tous différents les uns des autres. Certains ont la foi catholique – surtout Marie-Christine, la plus âgée de tous –, d'autres la foi laïque – la directrice est une militante féministe, elle bataille pour la contraception des pensionnaires auprès de l'association des parents. Au cours de ces réunions hebdomadaires, chacun donne sa vision des adultes et se doit d'écouter les arguments des autres.

On dirait souvent qu'on ne parle pas des mêmes personnes.

Un jour, on s'intéresse à Juju. Le cuisinier vient de lui faire une farce, il a placé un maquereau dans la flaque et Juju est tellement excité par sa prise miraculeuse qu'il ne veut plus rien faire d'autre que pêcher, c'est à peine s'il a envie de manger depuis qu'un poisson s'est accroché à son hameçon. Son éducatrice de référence s'inquiète pourtant. Devant tout le monde, Annie s'interroge : faut-il cautionner les délires de Juju ou bien l'inciter doucement à comprendre que personne n'a jamais pris de poisson dans une flaque d'eau ?

Au terme d'une discussion animée, Annie décide d'acheter un poisson rouge qu'elle placera dans la chambre de son protégé. Il sera pour lui tout à fait sain de s'occuper d'un animal, « je veux dire, dans la réalité, concrètement ».

Je suis de service quand on apporte le poisson rouge dans la chambre de Juju. Cette initiative est un succès, Juju range sa canne à pêche et admire les circonvolutions de la bête grossie par le verre. Cela jusqu'au repas du soir. Puis Juju retourne dans sa chambre et, comme d'habitude, se masturbe un peu avant de dormir. Il a un pénis d'une longueur extraordinaire mais il le cache sous son drap quand on le lui demande, il n'est pas dangereux.

Le lendemain matin, je frappe à sa porte vers sept heures et demie. Quand il a grogné, j'ouvre et je m'approche de lui. C'est là qu'il me montre l'aquarium en faisant « hin, hin, hin ».

L'aquarium est vide.

Je retrouve l'arête centrale dans le lit de Juju.

Juju fait encore « hum, hum, hum », en se frottant le ventre. Il me montre le radiateur sur lequel il a manifestement fait cuire le poisson avant de le manger, Juju n'est pas un sauvage.

L'expérience pédagogique est à mon sens très réussie, Juju a adoré son poisson rouge.

Au mois de mai, j'apprends que je suis admissible aux concours de l'enseignement. Je reçois un coup de téléphone de Marie-Lou qui me félicite de travailler auprès des simples et d'avoir malgré tout atteint un niveau d'études impensable. « Irène m'a dit qu'on ne pouvait pas faire mieux, je suis fière de toi. »

L'année d'après, je dois commencer à travailler pour de vrai. On me confie trois classes : l'une prépare au brevet de technicien supérieur section mécanique – tout à fait mon domaine de compétence –, l'autre au Bepc dans un collège huppé de la ville de Caen, et la troisième à rien. C'est une classe de CPPN, « c'est-à-dire le rebut », me prévient le directeur de l'établissement de Bayeux.

J'ai quelques regrets à rejoindre le camp des intelligents.

Poussin de Haie

A Bayeux, beaucoup d'élèves n'ont jamais vu la mer.

Je ne sais pas de quoi parler à ces enfants à qui rien n'a été donné en dehors de la vie.

Plusieurs matins, quand j'arrive à sept heures quarante-cinq, David est recroquevillé sur les marches du préfabriqué. Plusieurs fois je lui demande ce qu'il fait là, si tôt, avant moi, mais il ne me répond pas. En février, alors qu'il gèle à pierre fendre, je le retrouve au même endroit. Il tient dans sa main quelque chose de mou qu'il me tend brusquement : « Tiens, dit-il, c'est pour toi, c'est un bouquet d'oiseaux morts, ça crève partout sur le chemin. »

C'est à cette époque que je retrouve Raphaël.

François chante dans un cabaret à Reims, il remarque un spectateur qui pleure au premier rang, c'est lui. Raphaël dit à la fin du spectacle qu'il n'a pas pu m'oublier.

Le temps me donne raison, les vraies histoires ont un sens, elles durent. Une semaine après je prends le train pour Reims. Je suis habillée d'une jupe de flanelle grise et d'un chemisier brillant mais je tremble sous mes beaux habits.

A la gare, je retrouve l'empreinte de son corps. Il rompt immédiatement avec une femme, je dis à Pierre que cette fois notre histoire est finie.

Pendant l'été, j'ai prévu d'aller au Sénégal chez le griot Doudou N'Daye Rose. Raphaël dit qu'il viendra avec moi. D'autres amis sont prévus pour ce voyage, dont Jérôme et Rémi.

Là-bas, rien ne se passe vraiment. Raphaël reste lointain, comme absent au pays et à moi-même. Une de nos camarades de voyage craque brusquement, elle déchire son passeport français et dit que sous la peau blanche elle est noire. Elle s'échappe sur les routes, seule, et les Sénégalais nous préviennent qu'elle sera sûrement violée et tuée, une toubab ne pouvant s'offrir à tous les hommes impunément. Au bout de quelques jours, elle est ramenée à l'hôpital psychiatrique de Dakar.

Raphaël accompagne le rapatriement sanitaire en tant que médecin. Je reste au Sénégal avec Rémi et Jérôme qui dorment sur l'île de Gorée devant la maison d'une famille d'adoption. Jérôme est malade, paludisme sans doute, on le fait entrer dans la maison et on le couche dans le même lit qu'une vieille, c'est la seule place libre où dormir.

Rémi me demande ce que je fais avec Raphaël. Rémi dit que Raphaël est jaloux de moi, de ce que je suis et que je provoque chez les autres, jaloux de ma vie. Rémi dit que lui serait resté en Afrique, avec moi.

J'admets qu'il a sans doute raison.

A la rentrée de septembre, je me marie avec Pierre. C'est un mariage blanc. Je répète à Pierre que c'est un mariage blanc, qu'il me rend là un fier service puisque je suis nommée dans le nord de la France et que je ne veux pas y aller. Pour être nommé où l'on veut, l'administration exige un nombre important de points qu'on obtient en cas de mariage ou de difficulté familiale. C'est l'enfant mongolien qui rapporte le plus, selon les syndicats enseignants.

Puisque l'administration joue avec la vie de son personnel, je décide de parier aussi : je dis que je ne ferai pas mon « service militaire » en acceptant un exil à durée indéterminée. Je dis que je n'ai jamais aimé attendre et que cette brimade infligée par des hommes sans visage, je ne la vivrai pas. Je prends donc une disponibilité de l'Education nationale pour l'année en cours et je me marie en prévision des temps à venir.

Tout cela, je l'explique à Pierre qui dit me comprendre.

Personne n'est au courant de cet acte administratif sauf Emile et Zazou, nos deux témoins. Ce matin-là, l'adjoint au maire cherche les futurs époux, il voit bien quatre étonnés dans la grande salle des mariages mais pas de groupe en habits propres pour attendre l'habituelle bénédiction républicaine. Quand il comprend finalement que c'est nous, les mariés, il demande s'il peut commencer la cérémonie ou s'il faut attendre les invités. Nous lui répondons que nous sommes au complet, il salue immédiatement notre sens de l'humour qui est, dit-il, le véritable ciment des couples heureux. J'admire sa pertinence.

Dix minutes après c'est fait, je suis mariée.

Ce soir-là Rémi m'attend. Rémi me dit qu'après trois ans de solitude, il est de nouveau prêt à vivre une histoire d'amour et que c'est avec moi qu'il aura des enfants.

Il me parle d'évidences, c'est le seul chemin clair.

Quelques jours après, Pierre me dit que je suis malgré tout sa femme. Comme je m'éloigne irrésistiblement, il vole un chéquier et va se dénoncer au commissariat. Il veut qu'on l'enferme, il réclame la prison. Le commissaire l'écoute en hochant la tête. Alors Pierre s'énerve, il raconte qu'il a volé et qu'il s'en fiche puisqu'il fait ainsi la même chose que tout le monde, on lui a bien volé sa femme le soir même de son mariage.

C'est un mariage blanc.

Puis on divorce, quand les choses se calment.

Maman n'est pas au courant de mon mariage jusqu'au jour où elle part en retraite et qu'on lui demande des fiches d'état civil pour attester de l'existence de ses deux enfants. C'est alors qu'elle lit : Aline Lemière, épouse P. Elle décroche immédiatement le téléphone et me demande : « C'est vrai ? C'est vrai que tu t'es mariée sans nous prévenir ? » et je lui explique pendant qu'elle pleure que tout ça n'est rien, de la paperasse seulement à cause du nord de la France et de l'exil insupportable. Elle rit un peu et recommence à pleurer. « Mais tu ne m'as rien dit ? Pourquoi ne me l'as-tu pas expliqué avant ? » et je réponds : « Parce que tu aurais un peu cru à ce mariage qui n'était rien, la preuve, nous sommes en train de divorcer. »

Je vois bien qu'elle fait semblant de comprendre mais elle a quand même le cœur gros.

Après cet épisode, je ne peux plus me marier vraiment, je ris trop quand j'en parle.

Je préviens aussi Rémi. Je lui dis que je suis sans doute dangereuse parce que je ne sais pas toujours ce que je veux. Je lui dis qu'on m'appelle Tefal, la poêle qui n'attache jamais. Je lui dis aussi que je le trouve très beau mais qu'il n'aime pas assez la littérature.

Je montre ce que j'ai de pire pour rester honnête. Il dit qu'il est vraiment amoureux. Il dit : « Tu ne réussiras pas à me faire fuir » et il reste là.

Je suis en disponibilité de l'Education nationale, congé sans solde. J'ai été nommée dans le nord de la France à trente kilomètres de la frontière belge et j'ai dit au patron de l'établissement que non, je ne ferais pas « mon service militaire », que non, je n'attendrais pas dix ans avant de rentrer chez moi. Je dois pourtant travailler. Il me reste bien les fous mais Martine m'a trouvé une remplaçante. Ou la culture, mes expériences en matière théâtrale m'ouvrant certainement des portes.

Une chorégraphe de renom, KD, me propose un poste de responsable culturel. J'accepte.

KD s'entoure de danseurs étrangers, ceux qui ne comprennent pas une langue parlent avec les gestes, c'est bien connu. Les danseurs se jettent dans l'espace quand ils n'en peuvent plus du silence, et KD les observe qui se débattent des jours durant. Quand ils ont montré comme ils dansent, comme ils sont capables de sauter, de voler, KD leur demande de faire la même chose mais sans sauter, sans voler, sans danser.

Les danseurs frappent alors derrière la cage de leur corps et tremblent d'impuissance.

C'est ce que KD attend.

Je n'ai pas de désir d'enfants.

J'ai le désir d'un homme qui me demanderait des enfants.

Je ne connais pas la pulsion dont des femmes me parlent, ce désir irrépressible et presque égoïste de procréer en dépit de l'amour.

J'aime l'idée d'être fécondée par un homme dans un acte d'amour et j'imagine le bonheur de lui révéler que dans mon ventre je porte quelque chose de lui. Mais après cela plus rien, je ne vois plus rien.

J'ai quelques craintes à l'idée de continuer la chaîne, je n'aime pas me sentir attachée. Mais je ne peux pas m'imaginer vieille et sans enfant. Il me faut donc un homme qui désire à ma place.

Tout de suite, Rémi sait que nous aurons des enfants ensemble. Après dix ans de vie commune, il me dit qu'il est prêt. Je sais qu'il a raison, c'est le moment.

Il faut tout réussir en peu de temps. L'expérience culturelle m'a déterminée à passer une thèse – je veux retrouver ma liberté au lieu de servir un créateur – pour enseigner le théâtre à l'université : c'est au moins trois ans de travail. Je dois également continuer à gagner de l'argent, c'est quarante heures par semaine. Je donne déjà des cours d'esthétique à l'université : six heures par semaine. Je veux faire des livres combinant des textes littéraires et des photographies avec Rémi : deux ans de mise en place par projet. Je veux faire des enfants entre trente et quarante ans, puisque je n'en ai pas pris le temps avant : je suis donc pressée.

Je tiens des comptes insolites, à cette époque-là.

Je me dis qu'il faut en faire, des choses, pour réussir sa vie de femme.

Je ne suis pas enceinte. Je ne suis pas inquiète mais tout de même, il faut comprendre, au bout de trois ans d'essais infructueux. Je passe des examens médicaux, Rémi aussi.

C'est moi. C'est moi qui ne peux pas avoir d'enfants. J'entends le verdict et je comprends que j'ai définitivement fait taire mon ventre, après l'avortement.

Après les examens, le gynécologue de l'hôpital me propose la fécondation in vitro. J'ai selon lui de grandes chances de réussite, la cause de ma stérilité étant clairement établie. Je vois l'image de Monsieur Harlicot danser devant mes yeux quand il me parle, et je me dis qu'il en faudra, des épreuves, pour faire l'enfant dont nous avons rêvé. Le docteur Harlicot me dévisage, il sent cette angoisse qu'il ne supporte pas, ce n'est pas son affaire, il doit rester rationnel pour régler les problèmes mécaniques, « votre problème n'est qu'une affaire de tuyau », dit-il. Et pour me montrer qu'il obtient dans ce cas des résultats, il m'emmène devant un pêle-mêle où sont punaisées des dizaines de photographies de nourrissons et conclut avec ces mots : « Ce sont tous un peu mes enfants, sans moi ils n'existeraient pas, et je pense réussir à vous implanter un bel embryon, vous ne semblez a priori pas trop difficile à féconder. »

Quand je l'entends, je pense au gynécologue de *L'Œuvre de Dieu, la part du Diable* de John Irving, lui aussi rêve d'ensemencer toutes les femmes de la terre pour se survivre.

Les épreuves sont nombreuses pour être enceinte. Il me faut d'abord dépasser ma phobie des piqûres et des prises de sang, j'en aurai tous les jours du cycle d'après ce qu'on m'apprend. Le principe est simple sur le papier mais sans doute difficile à vivre : on stimule l'ovulation par injection de substances hormonales et on recueille les ovules fécondables qu'on met en présence de spermatozoïdes dans une éprouvette. Au bout de quarante-huit heures, on apprend si l'opération a marché et combien d'embryons sont viables. On transfère alors les trois embryons les plus résistants dans l'utérus de la femme au moyen d'une pipette et on congèle ceux qui serviront éventuellement lors d'une prochaine tentative. Toutes ces explications ne suffisent pas à apaiser mes craintes, mais l'équipe soignante prévient clairement que, pour les doutes psychologiques, il faut consulter en ville.

Je ne consulte pas de psychologue, Rémi le remplace en me montrant son désir, il est véritable. Je ne consulte pas de psychologue, je plaisante avec mon amie qui vient avec moi chez l'infirmière tous les soirs, elle a – dit-elle – besoin d'un traitement pour que ses cheveux repoussent. Sa délicatesse me touche.

Dans la journée c'est plus difficile, je suis parmi les femmes du couloir. Le couloir c'est l'endroit où on attend à l'hôpital avant de connaître les effets du traitement. C'est là que l'on est à deux pas d'apprendre si l'on pourra ou non passer au recueil des ovocytes, ou s'il faudra attendre le prochain cycle.

Les femmes du couloir, ce sont toutes celles qui attendent, le plus souvent seules, sur des bancs où elles ressassent leur désespoir d'enfant. Beaucoup se taisent, les maris ne permettent pas toujours qu'on avoue un problème de stérilité, leur virilité se trouvant alors remise en cause, mais ce sont aussi celles qui ne peuvent plus dire.

Plus dire qu'elles souffrent, on leur répondrait que c'est pour la juste cause.

Plus dire qu'elles pleurent, on leur répondrait que leurs larmes empêchent justement l'enfant d'arriver.

Plus dire que c'est difficile, on leur répondrait qu'elles découvrent enfin la triste condition de la femme face à la procréation.

On leur répondrait de toute façon quelque chose de sensé.

A mesure qu'on avance dans la hiérarchie on perd la faculté de communiquer, dans la médecine. Les aides-soignantes et les infirmières disent bien ce qu'on sent et qui arrive, le mal de ventre constant au moment de la stimulation ovarienne et le pic de souffrance juste avant la ponction, mais les médecins ne s'abaissent pas à de telles considérations, les sentiments empêchant de penser. Si l'on souffre au moment de la ponction ovarienne sans anesthésie, c'est qu'il faudra mieux s'habituer à l'idée des douleurs de l'accouchement.

C'est un monde sans parole, un monde où l'on traite d'hystériques celles qui osent se plaindre ou qui veulent précisément savoir. On dit : « La douleur c'est votre problème, nous on a assez à faire, pour vous et pour les autres, alors s'il vous plaît, pas de cris, pas de souffrance, s'il vous plaît, un peu de retenue, un peu de contrôle de soi, vous devez collaborer à votre grossesse en vous taisant, s'il vous plaît, non ça ne fait pas mal, puisque les autres femmes se taisent, alors n'en rajoutez pas, l'anesthésie, c'est seulement si vous insistez, on pique les ovaires par la voie naturelle, une ponction sans aucun risque, pour récupérer les vingt ovules que vous fabriquez en un cycle grâce à la stimulation médicamenteuse, mais non, vous ne souffrirez pas, d'ailleurs les autres femmes ne se sont jamais plaintes alors si vous commencez, on saura que vous exagérez », et ce sont des hommes qui te parlent doctement de cela, de tes ovaires et des sensations qui viennent, des hommes, car ce sont eux les savants, pas toi qui subis, toi tu ne sais rien et d'ailleurs tu n'as pas grand-chose à dire, toi.

Toi tu fais des histoires, puisque les autres ne crient pas, c'est la preuve. Et pourtant tout le monde a mal, c'est ce qu'on entend dans les couloirs quand il n'y a pas de blouse blanche, mais l'espoir est tellement grand d'un enfant qu'on a appris à se taire.

Et toutes ces solitudes autour de toi, sur les chaises de plastique à attendre, à rêver d'un enfant. Parfois l'une commence à parler et le sujet est tout trouvé : « Combien de tentatives ? Avez-vous déjà eu un enfant ? Votre mari est-il présent ? », ce sont toujours les mêmes questions.

L'une d'entre elles m'écrit pendant les périodes d'attente. Elle s'appelle Josette et, sans la communauté des ventres, sans doute ne nous serions-nous jamais rencontrées. Elle a peur que son mari la quitte si son ventre n'enfle pas vite, elle dit qu'il est à bout, qu'il ne supporte plus d'attendre, et qu'il a commandé un fils. Elle a peur de ne pas y arriver, Josette.

Heureusement Rémi est là. Il parle aux médecins, aux infirmières, il veut savoir et accompagner, cela semble étrange aux autres femmes qui me sourient en disant : « Il est là, votre mari ? Pas le mien, il n'y tient pas. »

Au moment de la fécondation en éprouvette tu trembles encore, cette fois tu as peur que les médecins se trompent en mettant des ovules en relation avec des spermatozoïdes, tu regardes trois fois la tête du voisin et tu pries pour que l'enfant ne lui ressemble pas. C'est la femme du médecin qui effectue cette opération, la fécondation c'est une histoire de famille.

Puis on vient te voir dans ton lit d'hôpital et on te dit un chiffre, « trois », ou : « deux embryons fécondés, vous ferez mieux la prochaine fois », tu t'en vas au bout de quelques heures quand tu n'as plus mal au ventre, un peu chancelante, et on te dit : « On vous rappellera dans deux jours. »

Deux jours plus tard tu reviens et tu sais que lorsque tu repartiras tu seras enceinte, on t'aura placé trois embryons avec une petite pipette, ton mari peut assister à cela, mais les médecins ne peuvent rien prédire, la nidification est encore une chose mystérieuse, elle échappe pour le moment à tout contrôle. Puis tu repars, les jambes serrées sur ton trésor, et tu attends de nouveau, dix jours cette fois, que la sage-femme t'appelle après une prise de sang qui dira si oui ou non c'est pour cette fois, la grossesse.

Ce sont des jours très longs où tu épies tous les signes, même s'il ne se passe rien tes seins gonflent. Comment reconnaître ce corps métamorphosé par les hormones, ce corps lourd, comme trafiqué, ce corps que tu ne reconnais pas ?

Et on t'appelle chez toi, au bout d'une si longue attente, et on te dit la première fois : « Non, c'est non, mais vous savez c'est très rare, la première fois, et il vous reste un embryon, voulez-vous qu'on le congèle ? », tu réponds oui, en pensant qu'il ne faut rien perdre de tes souffrances, tu dis oui mais tu penses : Pourvu que ça ne marche pas avec un embryon tout froid.

Et ça ne marche pas la fois suivante, avec l'embryon si froid. Alors tu recommences, les piqûres et les prises de sang, les leçons de morale aussi : « Il faut vous détendre, sinon on ne pourra rien faire », de toute façon tu n'as pas le choix.

Dans les salles d'attente où tu lis les magazines consacrés à la santé plus précisément qu'autrefois, tu apprends que des études sont faites pour mesurer les risques d'augmentation des taux de cancer après une FIV. Tu lis dans les salles d'attente, il faut bien occuper son esprit pour se détendre.

Après dix jours d'attente consécutifs au transfert des embryons, la sage-femme te téléphone pour te donner le résultat de ta dernière prise de sang, celle de l'espoir. Les femmes du couloir te racontent que pendant cette période elles préfèrent ne plus bouger de peur que l'embryon se décroche. Si près du but, il ne faut plus gâcher ses chances. Tu écoutes la voix du téléphone. Cette fois elle est joyeuse.

Je suis devant mon bureau et j'essaie d'écrire quelques lignes de ma thèse en pensant à autre chose quand la voix me parle. Elle me dit : « Bravo, cette fois c'est positif, mais le taux hormonal étant aux normes supérieures, vous attendez peut-être deux ou trois enfants. »

Je ne sais plus très bien si je dois être heureuse.

Et là il faut attendre.

Un mois pour savoir combien j'en porte, des enfants.

Une amie m'accompagne au moment de la première échographie, Rémi est en déplacement pour un reportage photo. Avant d'entrer dans la salle des vérités je fais des paris sur le nombre, je plaisante. Le médecin nous fait entrer, il est étonné, on ne vient pas aux examens médicaux accompagnée, si ce n'est par le mari. Il passe le gel sur mon ventre et me montre un premier embryon, une petite forme vivante avec des organes visibles, le cœur qui bat c'est un point noir qui se contracte, la colonne vertébrale une chenille qui bouge, et déjà des mains, des pieds, et une tête qui un jour peut-être te ressemblera.

Je regarde, fascinée, et le médecin continue de chercher d'autres enfants dans mon ventre. Il crie : « Et voilà le deuxième. » Après, j'attends dans la crainte. J'espère qu'il ne trouvera pas de troisième. Il ne trouve rien d'autre. Je suis enceinte de deux enfants, mais tout de suite le médecin rajoute : « Vous savez, il n'est pas rare qu'on en perde un des deux. »

Je porte la vie et la mort en même temps.

Merci, docteur.

A la fin de la visite Rémi arrive, il a roulé toute la nuit pour assister à la première échographie, lui aussi a besoin de voir les enfants qu'il attend. L'infirmière rit et lui apporte un petit déjeuner dans la salle d'attente. Il a l'air perdu quand on lui dit qu'il en aura deux d'un coup.

Mon ventre grossit à mesure de ma confiance, maintenant qu'ils sont là, plus rien ne les fera bouger, ces enfants qui seront les nôtres. Nous passons l'été au Portugal sur les traces d'Inès de Castro, la Reine morte, nous faisons ensemble un livre qui réunit la littérature le théâtre et la photographie, nous rassemblons nos passions. Partout je promène ce ventre qui ne m'empêche pas de vivre.

En France on m'a prévenue des risques qu'il y aurait à voyager, je suis, dit-on, une grossesse protégée, mais je m'échappe. J'emmène mon ventre en vacances. Et quand je rentre à sept mois et demi de grossesse, je suis encore belle, pas du tout boursouflée, le teint limpide, heureuse.

C'est là que le médecin m'enferme. Il me dit à l'occasion d'une visite de contrôle que je suis trop active et que l'un des deux enfants n'a pas grossi autant que l'autre, si bien qu'il se voit dans l'obligation de me prescrire un repos forcé à l'hôpital. Je dois passer le reste du temps dans un lit, à attendre.

Attendre je ne peux plus, c'est comme un piège. Alors je me rends à l'hôpital mais dans une chambre individuelle où j'installe mon ordinateur, des provisions, une machine à café, des livres, et je donne l'adresse de mon studio à plein de copains, comme si j'avais encore dix-huit ans. Je n'en peux plus d'attendre.

Quand on me branche à une machine qui surveille le rythme cardiaque des bébés, je me détache toute seule au bout d'une heure et je vais déjeuner en face, au restaurant, la nourriture de l'hôpital me dégoûte et je suis tout le temps révoltée, on me dit de me reposer et on me réveille à six heures trente pour me passer un thermomètre alors que tout le monde sait que je ne suis pas malade, seulement fatiguée, je mets donc un écriteau sur ma porte : « Prière de ne pas déranger avant dix heures, repos recommandé », et je refuse le petit déjeuner collectif, de toute façon je peux me le préparer moi-même, j'ai tout prévu, et pour le reste je n'ai besoin de rien, seulement qu'on me le laisse, mon ventre.

Je dois aussi batailler pour choisir mon mode d'accouchement. Le médecin veut me faire accoucher de façon naturelle alors que les deux enfants sont en siège, je suis assez forte, dit-il, pour le supporter. Moi je ne veux pas « essayer », selon la formule du médecin, je ne veux ni souffrir ni hypothéquer les chances du deuxième enfant, le plus petit, mais le médecin assure que, pour prendre une décision, il faut attendre.

Maman est là, avec les femmes du couloir. Elle trépigne. Rémi répète que, quoi qu'il arrive, il sera présent. J'obtiens la césarienne avec péridurale la veille de l'accouchement.

Gabriel et Noé sont nés à trois minutes d'intervalle le 24 novembre 1993. Le médecin me parle du film de la veille à la télévision tandis qu'il donne une leçon à son assistant sur mon ventre. Peut-être parle-t-il de moi, je ne me souviens pas.

Seulement qu'il crie « bravo » lorsque Gabriel vient

au monde, et que cet enfant me semble immense et rond comme une poupée improbable mais que le médecin ne dit rien quand Noé arrive à son tour, si fin, si lointain déjà puisqu'on l'emmène.

Puis je suis seule et j'ai mal.

Je me dis parfois que je suis enfin mère.

Que Rémi a vécu tout cela avec moi, qu'il est père.

On ne prévient pas les femmes de la difficulté d'être mère. On te dit : « C'est le bonheur » et toi tu souffres, tu ne sais pas très bien de quoi mais tu souffres.

Tu t'inquiètes d'abord.

Noé est en couveuse et je ne le vois pas pendant quarante-huit heures, je ne peux pas me déplacer, lui non plus, on nous a séparés dès qu'il est né et lorsque je m'endors je rêve qu'il est seul, abandonné, et qu'il m'appelle.

Pendant tout ce temps on te rend des visites, lesquelles tu ne sais plus vraiment, de toute façon c'est étonnant, les femmes en profitent pour te faire le récit de leur accouchement le plus souvent difficile, et quand on te dit que tu as ce que tu voulais tu hoches la tête, tu ne peux rien dire d'autre, tu ne vas tout de même pas te plaindre au moment de ce grand bonheur, le plus fort qu'il te soit donné de vivre dans ta courte existence. Toi tu sens bien que oui, c'est bouleversant ce bonheur qui pleure auprès de toi, mais justement c'est tellement fort que tu ne sais plus comment faire, et tu as vraiment envie de pleurer.

Rémi est auprès de Noé tout le temps que je suis retenue dans ma chambre. Il passe par l'entrée des urgences quand il vient en dehors des heures de visite et les infirmières lui sourient, elles le laissent faire, c'est si touchant, un père.

Moi j'attends encore de voir Noé pour évaluer sa force.

Quand je le vois je vois ses yeux qui voient et je baisse les yeux, il est tellement vivant.

Marie-Lou a tenu à faire le voyage. Elle est auprès de ma mère, derrière la vitre de la couveuse. Quand je prends Noé dans mes bras et que je le lui présente, elle dit : « C'est pas bien gros mais ça va pousser. » Quelques jours plus tard, elle demande qu'on la prenne en photo avec le plus petit des deux. Elle le tient tout emmailloté au travers de ses bras et pose pour la postérité. « Avec ça vous aurez un souvenir, quand je ne serai plus là. »

Le bonheur est plein d'imprévus.

On parle peu de la douleur qui se mêle à la joie d'être mère. De l'image brisée de soi-même, après ce passage. De la déchirure de l'esprit, des émotions violentes et contraires qui vous assaillent quand on ne peut plus se défendre avec les forces d'avant, puisque cette fois on a vraiment changé.

Changé d'histoire.

Changé de corps.

Changé de place.

Plus tard Noé me dit :

« Quand j'étais petit et que j'étais petit, j'avais le vertige du ciel. »

Je voudrais encore parler comme les enfants.

Voilà, Lisa, ce que je voulais te dire.

Quelques éclats de notre vie, parfois séparée, parfois commune mais après.

Après ces moments de jalousie, ces longues périodes d'absence, c'est à toi que je voulais parler.

A toi ma sœur, Lisa.

Depuis que j'ai écrit ces lignes, Marie-Lou est morte.

C'est le 28 septembre 1999 vers neuf heures du matin, selon les dires du médecin du Mesnil-Tôve, qu'elle nous quitte. Personne ne peut dire l'heure exacte de sa mort, elle est seule à ce moment-là. Marie-Lou fait un malaise et puis elle part très vite comme elle l'a souhaité.

Aperçoit-elle la foule qui l'accompagne le jour de son enterrement ?

Nous embrassons cinq cents personnes, beaucoup de vieux et de vieilles, de paysans aux mains rougies par le travail vêtus pour l'occasion de costumes repassés. Il y a les femmes qu'elle a accouchées, les copains de la belote, le cercle chrétien, les élus de la commune et bien d'autres encore pour la pleurer.

Poussin de Haie aurait été fière de recevoir un tel hommage, à la fin de sa vie.

Après le cimetière, nous décidons d'inventer notre propre cérémonie. Les catholiques ont reçu le réconfort de l'Eglise mais nous, les gens du doute, que pouvons-nous faire pour nous consoler ?

Toi, Lisa, tu proposes le jardin. Nous entrons dans le verger de Marie-Lou, nous regardons comme ses légumes ont poussé. Nous les goûtons et la félicitons de les avoir faits aussi bons.

Au bout du jardin il y a une pie prisonnière, c'est l'appât du garde-chasse. La cage est minuscule et l'oiseau semble ne devoir jamais se calmer, il se cogne au grillage dès qu'on approche, à s'en blesser.

Ce jour-là, je fais un geste imprévu : je cherche l'ouverture sous les ardoises posées au-dessus du grillage et, d'un coup, la pie trouve le ciel qu'elle attendait.

DU MÊME AUTEUR

INÈS DE CASTRO, LA REINE MORTE, Editions de l'Inventaire.

L'ARCHITECTURE DE LA JALOUSIE, VESPASIEN DE GONZAGUE, Editions de l'Inventaire.

LES AMANTS DE TOURLAVILLE, Editions de l'Inventaire.

Cet ouvrage composé
par I.G.S. - Charente Photogravure
à L'Isle-d'Espagnac,
a été achevé d'imprimer sur Roto-Page
par l'Imprimerie Floch à Mayenne,
pour les Éditions Albin Michel
en février 2002.

N° d'édition : 20259.
Dépôt légal : février 2002.
N° d'impression : 53221.
Imprimé en France.